एक नौसिखिया

हारा पर रुका नहीं

प्रशांत अग्रवाल

ISBN 979-888546197-9

हर नौसिखिए को समर्पित...

पहला संस्करण

एक नौसिखिया

...हारा पर रुका नहीं

प्रशांत अग्रवाल

लेखक के बारे में...

आकांक्षाओं से भरी इस दुनिया में, जहाँ हर कोई परफेक्ट टैग की चाह में घूम रहा है; वहीं, इसके विपरीत कई सामान्य से ऐसे व्यक्ति भी हैं जो खुद के भीतर कुछ नया करने का जज्बा रखते हैं। उन्हें किसी सिम्बल या टैग की परवाह नहीं बल्कि सीखने और कामयाबी के नए आयामों की छूने की चाहत होती है। इनमें निहित साहस, सामर्थ्य और शक्ति ही इनके आत्मविश्वास के सम्बल रहते हैं...

इन्हीं साधारण कोटि के व्यक्तियों की फ़ेहरिस्त में शुमार हैं- प्रशांत अग्रवाल। इनका विश्वास रहा है कि व्यक्ति का औसत दर्जा और उसकी कड़ी मेहनत ही वह माध्यम है जिसके जरिए जीत हासिल की जा सकती है।

वर्तमान में प्रशांत अग्रवाल 'एस्पायरिंग टीम सिस्टम्स प्राइवेट लिमिटेड' एवं 'ग्रिप इंटरनेशनल प्राइवेट लिमिटेड' के निर्देशक हैं (जो संस्थापक भी रहे हैं) इसके अलावा अग्रवाल जी एनजीओ 'एक संकल्प' में सक्रिय एवं महत्वपूर्ण भूमिका अदा कर रहे हैं, इस संस्था का लक्ष्य हाशिए पर ठहरे बच्चों को समान शैक्षिक अवसर प्रदान कराना है।

प्रशांत जी का पुस्तक लिखने का कभी कोई विचार नहीं था। लेकिन वह जानते थे दुनिया को अपने संघर्षों से बुनी कहानी सुनाकर लाखों करोड़ों औसत दर्जे के युवाओं के भीतर उत्साह, प्रेरणा और कुछ कर गुजरने की ऊर्जा का संचालन जरूर किया जा सकता है। और यही कारण रहा कि उन्होंने प्रेरक और मार्गदर्शन सत्रों तथा सेमिनारों की शुरुआत की और आखिर में अपनी ज़िन्दगी के महत्वपूर्ण अनुभवों को समेट एक किताब 'एक नौसिखिया' का रूप दिया। हालाँकि, पुस्तक से पहले कोट्स और दैनिक विचारों के माध्यम से भी प्रशांत जी युवाओं के बीच सकारात्मक विचारों का विस्तार करते रहे हैं जो उन्हें विषम परिस्थितियों में भी लड़ने और मेहनत के बूते कामयाबी हासिल करने के प्रति प्रेरक करते हैं।

लेखक के शब्दों में

"लिखना किसी घटना या किस्से को बयां करने का सबसे बेहतरीन माध्यम है, ऐसा मेरा विश्वास है; लिखना एक आदत है और मैं शुरू से ही इसका आदी रहा हूँ। लेकिन मैं कभी कोई किताब लिखूंगा ऐसा कभी कोई विचार नहीं रहा; जब तक कि मैंने खुद को पन्नों पर उतारने की एक छोटी पहल नहीं की हो। जीवन के कईं असफल और सफल संस्मरणों को इकट्ठा कर उन्हें किन्हीं मोती के भांति एक धागे में पिरोया तो ख़्याल आया कि क्यों न इन अनुभवों को एक किताब का ही रूप दे दिया जाए। और आज यह 'एक नौसिखिया' उसी ख़्याल का परिणाम है...

इस किताब में मेरे द्वारा प्राप्त किए गए हर अनुभव, हर असफलता, हर उपलब्धि और हर प्रयास आपको नत्थी मिलेंगे।

अतः इस किताब में मैंने हर वह संभव किस्सा साझा किया है जो आपको जीवन में नए मोड़ और निर्णय लेने के लिए प्रेरित कर सकने का सामर्थ्य रखते हैं ; तब भी जब व्यक्ति निराशा के शून्य स्तर पर पहुंच जाता है और कैसे वह बाउंस बैक कर आखिर में अपनी मंजिल पाने की हिम्मत रखने का जज़्बा रख पाता है।"

-प्रशांत अग्रवाल

दो शब्द

किसी कहानी को रचने के लिए काल्पनिक गुणों की आवश्यकता पड़ती है; तभी सही मायनों में हम उसे एक कथात्मक आकार दे पाते हैं। लेकिन जब कहानी कल्पनाओं से परे किसी के जीवन और अनुभवों पर आधारित हो तब हमें इन गुणों को ढूँढने की आवश्यकता ज़रा भी नहीं होती। यथार्थ के रास्ते होकर गुज़री ये कहानियाँ अक्सर तिलिस्म, चटपटेपन और ख़्याली मोहब्बत से अलग ज़िन्दगी के वास्तविक मैदानी हकीकत का बखान करती हैं।

'एक नौसिखिया' भी उन्हीं कहानियों में से एक है; जिसके भीतरी किस्सों और अनुभव का सामना हममें से अमूमन सभी ने किया होगा क्योंकि इस भागदौड़ भरी ज़िन्दगी में संघर्ष करना हरेक के लिए अपरिहार्य है। बशर्ते इस दौड़ के परिणामस्वरूप इंसान या तो सफल हो जाता है अथवा असफल, निखर जाता है या बिखर। देखें तो, अधिकतर इसके नकारात्मक परिणाम ही हमारे सामने आते हैं और तब उक्त परिस्थिति में व्यक्ति नीरस एवं उदासीन होने लगता है तथा हार मान अपनी राह से विपरीत दिशा की ओर चल अपने उद्देश्य, अपने सपनों से हमेशा के लिए मुँह मोड़ लेता है।

वह स्थिरता और धैर्यता के गुणों को पूरी तरह भुला चुका होता है...

यह कहानी भी कुछ ऐसी ही है। जो आपको यह बताने से कतई नहीं चूकेगी कि जीवन कि कठिन डगर पर नौसिखिया बनकर चलना कितना ज़रूरी है। आप राहगीर बनकर बहुत कुछ सीख सकते हैं लेकिन रहबर बनकर कभी नहीं। यह कहानी न केवल मेरी बल्कि हर उस व्यक्ति की है जो मेहनतकश और जिद्दी है, जिनमें ललक है कुछ कर गुजरने की और अंत तक 'एक नौसिखिया' बनकर रहने की।

इस पुस्तक का उद्देश्य केवल प्रेरक करना भर नहीं है बल्कि इसकी कहानी से समाज का हर नौसिखिया-'एक नौसिखिया' के अनुभवों को समझ हर परिस्थिति में पूर्ण दृढ़ता के साथ खड़े रहना

और अपने उद्देश्य के प्रति डटा रहना सीख जाये। इसी उम्मीद तथा उद्देश्य के साथ इस किताब के पन्नों को रचा गया है।

मुझे उम्मीद है-किताब का हर अंश आपको कल और आज से जुड़ा हर वाकया स्मरण ज़रूर करवाएगा...

-प्रशांत अग्रवाल

1
दिल्ली, शहर

दिल्ली, शहर

साल - 2012

“और भैया कैसे हो? एक पान लगाओ जरा, एक दम मलाई मार के।”

अमित ने पान वाले से कुछ मखौल के अंदाज़ में कहा...

“आप नहीं खाएंगे भाई साहब?”,,,पीतल के कलश से पत्ते निकालते हुए पान वाले ने मेरी ओर देखते हुए पूछा।

“अरे! नहीं, भैया मैं नहीं खाता, आप इनके लिए ही बनाइएगा।”,,,मैंने मना करते हुए कहा।

“भाई साहब आप एक बार तिवारी जी के हाथों का पान खाकर तो देख लीजिए, वापस न आएं तो कहना, पिछले अठारह सालों में ये छोटी सी पान की दुकान लाखों लोगों के दिल जीत चुकी है, चलिए मीठा बनाकर देंगे, न मत कीजिएगा”,,,पान वाला कुछ इठलाकर बोला।

“अच्छा ऐसा है क्या! तो फिर करवाएं टेस्ट हमें भी आपका ये प्रसिद्ध पान।”,,, मैंने फोन को जेब में रखते हुए कहा।

पान वाला दिखने में बड़ा भला व्यक्ति लग रहा था, लेकिन कुछ-कुछ बातूनी था। लाल रंग का गमछा और चेक के नीले रंग की धोती और हल्के गुलाबी रंग का कुर्ता उस पर खिल रहा था। दाढ़ में सुपारी दबाई हुई थी जिससे होंठ लाल सुर्ख दिख रहे थे और माथे पर एक लंबा चौड़ा तिलक ऐसा लग रहा था मानो पनवारी जी अभी-अभी

पूजा-अर्चना कर उठे हो।

"वैसे भैया क्या है आपके पान में ऐसा की लाखों लोगों के दिल जीत लिए",,, मैंने डिब्बे से टॉफी निकालते हुए पूछा।

अमित सिगरेट के धुएँ को उड़ाने में इतना मशगूल था मानो वह यह बातचीत सुन ही न रहा हो...

"भैया ये हम नहीं बतायेंगे आपको, हमारे ग्राहक बताएंगे",,,ब्लेड की धार से पत्ते को चीरते हुए उसने कहा।

"अच्छा! पर ग्राहक तो अभी हैं नहीं तो तुम्हीं बता दो",,,

वह कुछ देर रुका बाहर की ओर सिर निकालते हुए उसने पीक थूकी और सफेद चिट्टे तौलिए से मुँह पोंछते हुए बोला-

"भैया गूगल तो होगा न, पढ़िए वहाँ हमारे रिव्यूज़ नहीं तो हमारी वेबसाइट है- 'द तिवारीज़ पान'। देखिए, कितने लोग हमारे और हमारे पान के चहेते हैं"

"अच्छा तो फुल डिजिटल आदमी हो भई, हाँ",,,मैंने हँसते हुए कहा।

"जी, बिल्कुल",,,पानवाले ने मतवाली मुस्कान के साथ कत्था लगाते हुए मेरी बात का जवाब दिया।

एकाएक पानवाले की ये बातें मुझे उन दिनों की याद दिला बैठीं जब मैं दोस्तों के साथ 'द प्रीटेन्शस' का एडवर्टाइज कर आगरा के आउटर सर्कल पर बने मोहन ढाबे पर बैठ चाय का लुत्फ उठा रहा था। और तभी मैंने दोस्तों से भंडारी जी के पान स्टाल पर इशारे करते हुए कहा-

"तुम लोग देखना वो सामने जो पान वाला दिखाई दे रहा है न, यही एक दिन अपना अलग-अलग वैरायटी का पान तुम्हें और हमें ऑनलाइन बेचेगा"

ये सुन सब तेजी से हँसने लगे...

"अर्पित इसको बोल अपने किताबी क्वोट्स को खुद तक रखा करे, ये सब ऊल-जलूल बातें हमारी समझ से परे हैं",,,अनुज ने अर्पित से तेजी से हँसते हुए कहा।

“अब तो लगता है ये साला एचटीएमएल की ट्यूशन भी खोलने वाला है...

.और पान वाले क्लासेज लेंगे”,,,अर्पित हँसी से लोटपोट होते हुए बोला।

अर्पित और अनुज को यूँ हँसता देख मैं भी अपनी आँखों को पान वाले की ओर स्थिर रखते हुए गंभीरता से मुस्कुरा दिया...

“साहब पान, पान साहब...अरे साहब कहाँ खो गए, ओ भाईसाहब”,,, पानवाला अबकी तेजी से बोला।

“सिगरेट मैं पी रहा हूँ और नशा तुझे हो रहा है”,,,अमित हँसते हुए बोला।

“ओ सॉरी...खिलाइएगा।अरे वाह! तिवारी जी मजा आ गया वाकई आपके पान में जान है”,,, मैंने स्वाद भरे भाव से पान की प्रशंसा की।

“बहुत अच्छा किया जो वेबसाइट बना ली तिवारी जी। आगे इसी का जमाना है, और तुम देखना, इससे बहुत आगे जाओगे”,,,मैंने अबकी कुछ गंभीरता से कहा।

“हाँ साहब, आप तो जानते ही हैं आज के समय में सब तो डिजिटल हो रहे हैं, तो हमने सोचा हमीं क्यों पीछे हटें, हमने भी बना ली अपनी वेबसाइट और फिर देखो काम को जो रफ्तार मिली उससे तो सच में हमारे पान की प्रतिष्ठा दोगुनी हो गई है”,,,पान वाले ने हँसते हुए कहा।

उसकी बात सुनकर हम भी मुस्कुरा दिए। अमित ने पैसे चुकाए और वापस घर की ओर चल दिए...

आने वाले कल के लिए मेरा सोचना फिजूल नहीं था। डिजिटल प्लेटफॉर्म्स के जरिए इंटरनेट ने हर छोटे-बड़े बिजनेस पर अपनी पकड़ जमा ली है। पानेवाले के आज के किस्से ने कुछ और बीती यादों को ताजा कर दिया था...

वह साल जब कॉलेज का आखिरी साल चल रहा था...

2
आखिरी साल और वह इंटरव्यू

आखिरी साल और वह इंटरव्यू

साल - 2008, आगरा शहर - उत्तर प्रदेश

यह कॉलेज का आखिरी साल चल रहा था। कॉलेज प्लेसमेंट के लिए बहुत सी मल्टीनेशनल कंपनियाँ आने वाली थीं। सभी एग्जाम के साथ-साथ इंटरव्यू की तैयारी जोर-शोर से कर रहे थे, और इसी फेहरिस्त में मैं भी शामिल था। आगरा का यह कॉलेज यूँ तो प्लेसमेंट के लिए देश भर में मशहूर था। लेकिन अफसोस हर साल यहाँ गिने चुने स्टूडेंट्स की ही नौकरी लग पाती थी। यह आखिरी वर्ष हर इंजीनियरिंग कर रहे स्टूडेंट के लिए बेहद महत्वपूर्ण व चुनौतियों से भरा हुआ होता है। यहाँ उन्हें हर ओर अपना बेस्ट देना पड़ता है। इंटरव्यू की ठीक-ठाक तैयारी नहीं की तो नौकरी नहीं और अगर रिजल्ट में कम नंबर आते हैं तो- तब भी नौकरी नहीं।

आखिर वो दिन आया जब कैंडिडेट्स की लंबी-लंबी कतारें लगना शुरू हुईं। कॉलेज के माहौल में चारों ओर फॉर्मल कपड़े पहने स्टूडेंट्स ऐसे लग रहे थे मानो वो स्टूडेंट्स नहीं बल्कि माइक्रोसॉफ्ट के एम्लॉयज़ हैं। कैंपस में एक अलग ही तरह के भय और घबराहट का माहौल बना हुआ था। सभी के चेहरों की हवाइयाँ उड़ी पड़ी थी। लग रहा था जैसे आज अगर सिलेक्शन नहीं हुआ तो नौकरी नहीं, कोई

फ्यूचर नहीं। इसी लंबी कतारबद्ध पंक्ति में मैं भी एक फाइल फोल्डर और फॉर्मल कपड़े पहने अपनी बारी का इंतजार कर रहा था...

लगभग दो घंटे के लंबे इंतजार के बाद मुझे बुलाया गया।

यह मेरी ज़िंदगी का पहला इंटरव्यू था। इसके पहले राउंड में मुझसे इंट्रोडक्शन से लेकर मेरे इंट्रेस्ट से जुड़े तमाम तरह के सवाल किए गए। मैंने हरेक सवाल का बड़ी ही बारीकी और स्पष्टता से जवाब दिया। मैं पहले राउंड में पास हो चुका था। लगभग आधे घंटे बाद मुझे दूसरे राउंड के लिए बुलाया गया जहाँ मुझे कुछ टेक्निकल सवालों के जवाब कंप्यूटर पर प्रैक्टिकल रूप से देने थे। मैंने वहाँ भी बेहतर किया।

आपकी लगातार सफलता आपके आत्मविश्वास को दोगुना कर देती है। जहाँ मैं अभी तक कंपनी की शानो शौकत और करीने ढंग से सूट पहने इंटरव्यूअर्स को देख घबरा रहा था; वहीं घबराहट अब छू मंतर हो चली थी। अब बस मुझे तीसरा राउंड क्लियर करना था।

अगले राउंड में, मैं तीन साक्षात्कारों की टीम के सामने बैठा था, उनमें से दाएँ बैठे शख्स ने मेरे शॉर्ट इंट्रोडक्शन के बाद मुझसे इंग्लिश में कुछ टेक्निकल सवाल करने शुरू किए। मेरी घबराहट और परेशानी फिर से मेरे चेहरे पर साफ झलकने लगी थी। हालांकि, उनमें से अधिकतर जवाब मुझे पता थे, लेकिन मेरे गलत इंग्लिश उच्चारण के कारण मैं स्पष्ट तरीके से पूछे गए सवालों के जवाब नहीं दे पा रहा था। फिर भी मैं उनके हर सवाल के जवाब बेहद सहज ढंग से बताने की कोशिश कर रहा था। और आखिर अचानक ही मैं एक इंग्लिश शब्द सब्कान्शस्ली-subconsciously पर अटका; फम्बल करते हुए मैंने उसे किसी तरह उच्चारित किया। लेकिन तब तक मैं उन साक्षात्कारों के हावभाव ताड़ चुका था। और इसके कुछ देर बाद ही मेरा पीक पर पहुँचा उत्साह ठंडा पड़ गया- जब इंटरव्यूअर्स ने मुझे अप्रत्यक्ष रूप से मेरे रिजेक्शन का कारण बताया- *"रोहन, वी आर कीपिंग यू इन ए शॉर्टलिस्टेड कैटेगरी राइट नाओ, वी विल इनफॉर्म यू अबाउट योर सिलेक्शन शॉर्टली"* - *(Rohan, we are keeping you in a shortlisted category right now, we will inform you about your selection shortly)*

मैं समझ चुका था कि इन्होंने मेरी एक छोटी सी गलती से मेरे अनुभव और मेरी दक्षता को नजरअंदाज कर दिया है।

"*ओके सर, थैंक्यू*",,,एक फीकी सी मुस्कान लिए मैं उठा और रूम से बाहर आ गया।

"*नेक्स्ट*",,,

दरवाज़े पर खड़ा चौकीदार- दरबान की माफिक दूसरे कैंडिडेट के लिए आवाज़ लगाता है...

मुझे मेरा तकनीकी स्तर पर पास होना कठिन लग रहा था और वही मेरे लिए मुश्किल घड़ी थी। पर मुझे क्या पता था कंपनी को स्पोक्सपर्सन चाहिए होते हैं, इंजीनियर नहीं।

कॉलेज में ऐसा क्या सिखाया जाता है जो एक्चुअल रूप में प्रैक्टिकल कंपनियों में उपयोग हो सके। मुझे समझ नहीं आता कि जब तक हम कंपनी में जाकर अनुभव हासिल नहीं करेंगे तब तक कैसे कोई किसी कंपनी के तौर-तरीके, कैसे वहाँ के माहौल के एटिकेट्स और कैसे उनके प्रजेंट करने के फॉर्मेट को सीख सकता है। कोई भी चाहे कितना ही स्किल्स वाला कैंडिडेट क्यों न हो वह तब तक एक फ्रेशर ही रहता है जब तक उसे कोई कंपनी अवसर नहीं देती, और कंपनी भी उसकी क्षमताओं को तभी आँक सकती है- अन्यथा नहीं।

बस इन्हीं बातों को बुदबुदाता वापस रूम की ओर लौट रहा था मैं...

यदि आज मैंने इंटरव्यू पास कर लिया होता तो मैं आसानी से एक अच्छी नौकरी पा सकता था, जिसके लिए मैंने यहाँ आगरा से बी-टेक करना सुनिश्चित किया था। पढ़ाई कर कैसे भी एक अच्छी नौकरी मिल जाए तो सारी चिंताओं और निराशाओं का आवरण हट जाता है, और व्यावहारिक ज़िंदगी में यह कितना जरूरी है इसका अंदेशा एक प्राइवेट एम्प्लॉय को बखूबी होगा, उस दौरान रिजेक्शन के बाद मेरी निराशा और हताशा का कोई छोर नहीं रहा था।

उन्होंने मेरी कोशिशों, उपलब्धियों, मेरी आकांक्षाओं व मेरे कौशल को आँकने की जरा भी कोशिश नहीं की थी...

मन में बस बार-बार यही सवाल आ रहा था कि क्या ज्ञान और अनुभव का कोई मोल नहीं है।

मैं पूरी तरह टूट गया था, उस वक्त मैं खुद के भीतर के आक्रोश की ज्वाला को अफसोस के तले आसानी से दबता महसूस कर सकता था।

कंपनियों को आपके समय और आपके टैलेंट की कोई कदर नहीं है, उन्हें बस एक मशीन चाहिए होती है जो बिल्कुल गलती न करे और आप एक मशीन की तरह काम करते रहे।

अगर मैं उनकी जगह होता, तो कभी भी इंग्लिश को अनुभव और कौशल का आधार नहीं मानता मैं उन लोगों को अवसर देना पसंद करता जो भले ही नौसिखिए हैं, लेकिन प्रतिभा, परिश्रम और गुणों से लबालब हैं; और हमेशा सीखने का जुनून रखते हैं। भाषा तो केवल संवाद का जरिया है। यह आपके भीतर समाहित कौशल या अच्छाइयों को नहीं दिखा सकती। हुनर को परखना है तो काम देकर परखो न कि उसके गलत उच्चारण या अन्य किसी कारण से।

मैंने सोच लिया था, कि मैं आज के बाद इंटरव्यू नहीं दूँगा....

और न ही नौकरी की रेस में दौड़ूँगा,,

(और न जाने जुनून और गुस्से में क्या-क्या बुदबुदाए जा रहा था मैं...)

***

इसी सोच-विचार में मैं ऑटो पकड़ रूम की ओर वापस आया;आते ही मैंने एक ग्लास पानी पिया और बड़ी ही थकी सी हालत में एक कुर्सी पर निढाल हो गया। मेरी नीरस भरी नजरें अपलक सीलिंग को निहार रही थीं। आज का दिन वाकई बहुत खराब था, मेरी इंग्लिश रिटर्न में ठीक थी तो बोलने में मुझे क्यों और क्या परेशानी हुई! मैं तो अपने कोट्स के लिए जाना जाता था न, फिर आज वही इंग्लिश मेरे रिजेक्शन का कारण क्यों बनीं?

हार-जीत जीवन का खेल है। इसलिए इसमें कोई निराशा नहीं होनी चाहिए। लेकिन जब आपकी हार या असफलता का कारण आपकी

कोई खूबी बने तब इंसान की उदासी की कोई सीमा नहीं रहती। मैं अभी उसी उदासी भरे मंजर को महसूस कर रहा था....

पता नहीं क्यों ऐसा लगने लगा था जैसे मैं किसी लायक नहीं...

इंसान का हर विषय को लेकर ज्यादा सोचना भी एक तरह का नासूर ही है जिसे वक्त रहते नहीं रोका जाता तो वह बढ़ता ही रहता है... रिजेक्शन न सह पाना और उसका कारण अलग-अलग पहलुओं से पता करने की बजाय एक ही कमी पर अडिग रहना किसी नौजवान की सबसे बड़ी कमी है...

दिन भर बस इसी ख्याल और अफसोस के तले डूबा रहा...

मैंने आँखें थोड़ी मूंद ली थी। सामने टंगी घड़ी बार-बार मुझे समय के महत्व को बता रही थी। यह वही घड़ी थी जिसे मैंने फर्स्ट ईयर में खरीदा था। मैं सोच रहा था उन पलों को जब कॉलेज में आने के ठीक एक दिन पहले में तैयारियों में जुटा था; और कैसे मोल-भाव कर मैंने यह डेढ सौ रुपये में खरीदी थी। दुकानदार अड़ियल था, लेकिन मैं भी उससे दोगुना ठहरा। एक दाम बोल जब बढ़ने लगा तो वापस बुलाता है और पैक कर हाथ में थमा देता है। भले ही उस दुकानदार ने यह घड़ी गुस्से में या भारी मन से दी थी। लेकिन इतना है कि इस घड़ी को जब दिवार पर टंगा देखता हूँ तो न केवल यह दीवार की शोभा बढ़ाती है बल्कि रह-रह इस बात के लिए प्रेरक भी करती है कि समय किसी का गुलाम नहीं होता वह तो अनवरत बढ़ता रहता है, इसलिए कदर करो...

यह घड़ी गवाह है- मेरे कॉलेज में बिताए गए उन दिनों की जब मैंने अपना सफर आगरा के एक इंजीनियरिंग कॉलेज से शुरू किया था, इसकी टिक-टिक में कई हफ्ते, महीने और साल गुजर गए। जिसने मेरे कॉलेज के दिनों के हर उतार-चढ़ाव को देखा। और अपनी बदलती सुइयों की स्थिति से मुझे हमेशा न रुकने के लिए प्रेरक और आगाह किया...

3

पहला साल और रैगिंग का दिन

पहला साल और रैगिंग का दिन

साल - 2005, आगरा शहर - उत्तर प्रदेश

मुझे हमेशा से एक ऐसे कॉलेज की चाह थी जहाँ मैं खुलकर कॉलेज की ज़िंदगी अनुभव कर सकूँ। पर आगरा से कुछ किलोमीटर दूर स्थित ये कॉलेज कुछ अलग था। यहाँ के परिवेश में वो बात नहीं थी जिसकी मैं अभिलाषी था। लेकिन मुझे इस बात का भान बहुत दिनों बाद हुआ कि कॉलेज तो ठीक था, बस मेरी ज़िंदादिली ही कहीं खो सी गई थी।

आनंद इंजीनियरिंग कॉलेज

आगरा, जुलाई-2005

यह मेरा कॉलेज का पहला दिन था। किसी कॉलेज में फ्रेशर्स का स्वागत किस तरह किया जाता है! फूल माला पहनाकर, मिठाई खिलाकर, या कुछ और तरह से। हाँ, ऐसा ही तो किया जाता है, लेकिन एक इंजीनियरिंग कॉलेज में यह स्वागत करने का तरीका बदल जाता है। मसलन, फूल माला पहनाई तो जाएगी, लेकिन उसके मध्य में शराब की खाली बोतल लटक रही होगी या फिर आपको खिलाई जाने वाली मिठाई में मीठे की जगह नमक, मिर्च या कड़वापन डला होगा। इसे हम अक्सर स्पेशल मिठाई कहते थे। और इस स्वागत को आम भाषा में- रैगिंग का एक तरीका।

स्वाभाविक था कि हम फ्रेशर्स की रैगिंग भी कुछ इसी तरह होनी थी। लेकिन हम इतने आसान तरीके से कहाँ निपटने वाले थे। हमारा सामना होने वाला था एक इंट्रोडक्शन से जहाँ हमें सीनियर्स के सवालों का जवाब देना था।

सीनियर्स ने हमें एक लाइन में खड़ा किया और बारी-बारी से हम सभी का इंट्रोडक्शन लेना शुरू किया। हम उनके किसी भी सवाल का जवाब देते तो वे तुंरत उसका डबल मीनिंग निकाल जोरो से हँसना शुरू कर देते। इस तरह सबके सामने ज़लील करना और फिर हँसना। रैगिंग करने के तरीकों में से ही एक था...

कुछ देर बाद मेरे साथ भी सवाल जवाब करने की बारी आई...

"क्या नाम है बे तेरा",,, उनमें से एक ने पूछा।

"रोहन",,,मैंने गंभीरता से कहा।

पूरा नाम बोल, वो भी सर और जी के साथ..

"रोहन श्रीवास्तव," सर...

कौन सी ब्रांच से है?

"सीएस",,,मैंने जवाब दिया

"अच्छा!

कभी ड्रिंक किया है,",,,उसने मेरी ओर शराब की बोतल दिखाते हुए कहा

"नहीं..!"

"अबे तो घबरा क्या रहा है, चल पीकर दिखा।"

"मैं शराब नहीं पीता सर",,,मैंने इस बार कुछ हिम्मत दिखाते हुए कहा।

"अरे! चल छोड़ शक्ल भी तेरी मासूमों वाली लग रही है, अच्छा ये बता कभी सेक्स किया है",,,उसने फिर

सवाल किया।

"नहीं..."

"नहीं, क्या?"

"नहीं..सर।"

"अबे तू कॉलेज में क्या कर रहा है फिर जाकर प्ले स्कूल में एडमिशन ले ना..."

"मोहित, इसको शराब छोड़ दूध की बोतल लेकर आ",,,उसने दूसरे लड़के की ओर इशारा करते हुए कहा।

और फिर सब हँसने लगे..

उस समय मैं उनके इस अभद्र व्यवहार के लिए अच्छा खासा जवाब दे सकता था। लेकिन मैं जानता था

कि हर कॉलेज का यही हाल है। आज रैगिंग भले ही एक अपराध हो लेकिन इंजीनियरिंग कॉलेज

और हॉस्टल में ये सब आज भी आम है। हालांकि, उनका भी मकसद किसी को गहराई से चोटिल करने का नहीं होता...उस दौरान इस बात का पता मुझे कुछ देर बाद चला।

जब उनमें से एक सीनियर मेरे पास आया।

और कहा...

"डॉन्ट माइंड ब्रो...सॉरी फॉर ऑल बुलशिट, इतना तो सभी के साथ होता है, हमारे साथ भी हुआ था, चिल्ल कर।"

ओके और हाँ नोट्स, प्रॉजेक्ट या रूम को लेकर कोई परेशानी हो तो बताना.."

"ओके सर.."

"ओके गुड नाइट एंड नॉट सेइंग सर, कॉल मी मोहित।"

मुझे बाद में महसूस हुआ कि मैंने चुप रहकर समझदारी ही दिखाई थी...

फर्स्ट ईयर का पहला सेमेस्टर कॉलेज के हॉस्टल में ही गुजरा। जीवन में कोई नया बदलाव नहीं था और न ही कोई रोमांच। बस मेरी ज़िंदगी कॉलेज से हॉस्टल तक ही सीमित रह गई थी। चाहकर भी मैं दूसरों की तरह मौज मस्ती नहीं कर पाता था। पता नहीं क्यों लेकिन मेरी सभी ख्वाहिशें और चाहतें कहीं खो सी गई थीं।

मेरे रूमैट्स और क्लासमैट मुझसे काफी अलग थे, वे दिन भर इंडोर या कंप्यूटर गेम्स में लगे रहते और कुछ तो कैंटीन में अपने दोस्तों के साथ पार्टियाँ कर रहे होते। हालांकि, वो पढ़ाई पर भी ध्यान

देते थे। लेकिन न जाने क्यों मैं उनकी तरह नहीं था, मैं बिल्कुल भी मिलनसार स्वभाव का नहीं था। उस दौरान मैं बस यही सोचा करता था कि किसी तरह ये चार साल गुजरें और मैं डिग्री पा एक एमएनसी कंपनी में सेटेल्ड हो जाऊँ।

मुझे नौकरी की फिक्र थी, और इसे पाना ही मेरा मकसद था। मुझे लगता था इसी को सेटलमेंट कहा जाता है यही सफल जीवन का एक उद्देश्य होता है।

लेकिन, मेरे मन में कभी भी इस बात का ख्याल नहीं आया कि अगर नौकरी ही अंतिम लक्ष्य है तो बड़े-बड़े इंडस्ट्रीयलिस्ट किस मकसद को आधार बनाकर आगे बढ़े होंगे।

नौकरियाँ कौन ईज़ाद कर रहा होगा...!

मैं उस दौरान इन सभी बातों से बिल्कुल बेखबर था, लेकिन जल्द ही ये बात मुझे समझ आने वाली थीं...

***

सुबह जल्दी उठना, फिर कॉलेज के लिए तैयार होना क्लास खत्म करना और वापस हॉस्टल आ लंच कर दोबारा क्लासेज के लिए तैयार हो जाना, बस यही मेरा फिक्स रूटीन हुआ करता था। दोस्तों के साथ समय बिताना और मजे करना महज खानापूर्ति हुआ करती था। ताकि उनमें मुझे लेकर कोई खटास न आए और जैसे-तैसे ये दोस्ती बनी रहे।

लेकिन जल्द ही यह उबाऊ सा रूटीन मुझे कचोटने लगा था। मैं समझ गया था इस तरह मैं कॉलेज दोस्तों से इतर-बितर हो जाऊँगा और फिर चाहकर भी उनके बीच अपनी पहचान नहीं बना सकूँगा। मुझे बीते कल के लिए नहीं बल्कि आने वाले कल के लिए वर्तमान में जीना था। और इसीलिए मुझे खुद को बदलना था। मेरी स्थिति ठीक वैसी ही थी जैसी आमतौर पर एक अठारह- उन्नीस साल के युवा की होती है। कहते हैं- इस उम्र में अगर इंसान नशे, गुस्से और प्रेम के चक्करों से पार पा लेता है तो उसकी सफलता में कोई बाधक नहीं बन सकता। लेकिन मैदानी स्तर पर इस बात में कितनी सच्चाई है यह

हर कोई समझता है। लेकिन प्रेम वो खूबसूरत संस्मरण है जो आपको रह-रह टीस बनकर चुभता तो है लेकिन उसका भी एक सुखद अनुभव कराता है और शायद उस वक्त तक मैं वही महसूस कर रहा था।

मैं अंकिता को याद करता वह लड़की जो एक समय मेरी ज़िंदगी का सबसे जरूरी हिस्सा बन चली थी। खैर, अब उस समय से मैं काफी दूर था। आगे की पढ़ाई ठीक ढंग से जारी रखने के लिए मैंने अपने सीनियर्स से भी मदद लेनी शुरू की और उन्हीं से मैंने ये बात सीखी की पढ़ाई सिर्फ नौकरी के लिए नहीं की जाती बल्कि खुद के भीतर समाहित योग्यताओं को निखारने के लिए भी की जाती है। धीरे-धीरे मुझे ये सब बातें समझ में आ रही थीं और मैं लोगों के आचरण व्यवहार पर भी बहुत ज्यादा ध्यान देने लगा था। मैं समझने लगा था कि जितना सादा और सरल जीवन जीना था जी लिया; अब उसमें बदलाव जरूरी था। एक ऐसा बदलाव जिससे मेरी मेहनत व्यर्थ न जाए। और इसके लिए मुझे कॉलेज के तौर-तरीकों से दूर रहकर, हॉस्टल से दूर रहकर बाहर शहर का व्यावहारिक ज्ञान जानना जरूरी है।

मैंने दोस्तों से बात करना और कॉलेज के वातावरण में खुद को जमाने की कोशिश तो की। लेकिन हॉस्टल के माहौल में मैं खुद को ढाल पाने में नाकाम रहा। मुझे हॉस्टल की शाम हमेशा परेशान करती थी। उस समय मुझे ऐसा लगता था मानो मैं बारी-बारी से किन्हीं गृहों पर ठहर रहा हूँ, जहाँ का परिवेश और लोग मुझसे काफी अलग-थलग से थे। मुझे वो पल काटने को दौड़ता था, वो फीकी और नीरस शाम मुझे परेशान करती थी। सब साथ थे- बावजूद इसके मुझे ऐसा लगता था जैसे मैं अभी भी बहुत अकेला हूँ।

और हॉस्टल का माहौल तो मुझे जरा भी रास नहीं आता था।

अब मैंने अपने रूटीन में कुछ और बदलाव करने शुरू किए। मैं हर शाम कॉलेज से बाहर जाने लगा, कभी दोस्तों के साथ तो कभी अकेले ही। मुझे कॉलेज लेन के विपरीत मौजूद आसपास के गाँवों में घूमना अच्छा लगता था।

वहाँ घंटो ठहरना और वहाँ के ग्रामीण रहन-सहन को गहराई से निहारना मुझे सुकून देने लगा था।

कभी-कभार मैं गाँव वासियों के साथ बातचीत भी करता। उनके लहजे में मुझे सादगी और निश्छलता झलकती थी। उनकी जीवन शैली बिल्कुल मुझसे मेल खाती थी; क्योंकि शुरू से ही मैं अपनी पारिवारिक परिस्थितियों से अवगत था, मुझे इस बात का अनुभव और अंदेशा दोनों था कि कैसे जीवन को बेहद अभाव में जिया जाता है और कैसे कड़ी मेहनत कर चंद पैसे कमा कर एक बड़े परिवार को पाला जाता है। यही कारण था कि मैं गाँव के रहन-सहन से खुद को जोड़ पाता था। वे लोग बहुत मेहनती थे, संसाधन रहित थे। बावजूद इसके वे इस जीवन से खुश और संतुष्ट थे। उम्र ज्यादा होने पर भी वे नई पीढ़ी के लोगों की तुलना में अधिक युवा और मजबूत दिखते थे।

अब कॉलेज के ठीक बाद में गाँव के उस परिवेश में चला जाता जहाँ मुझे सुकून की अनुभूति होती थी।

मैं कई महीनों तक यह महसूस नहीं कर पाया था कि आखिर यह हॉस्टल की हर शाम मुझे काटती क्यों है। क्यों मुझे यह शाम का वातावरण अखरता है। क्या इस शाम से मेरे बीते कल का कोई ताल्लुक था जिसे मैं महसूस करने या पहचान न पाने में असक्षम था?

एक शाम कॉलेज ऑडिटोरियम में डिबेट कॉम्पिटिशन का आयोजन किया गया। मैंने आज से पहले कभी भी कोई ऐसा प्रोग्राम अटेंड नहीं किया था और न ही मुझे ऐसे कार्यक्रमों में कोई खास दिलचस्पी रही थी। लेकिन उस शाम मैंने सोचा -कि हॉस्टल से अच्छा है कि मैं ऑडिटोरियम में बैठ एक शाम गुजारी जाए। वहाँ पहुँचा तो माहौल बिल्कुल अलग था। कॉलेज के स्टूडेंट्स इतने बेहतर ढंग से अपनी बात रख रहे थे मानो वो इंजीनियरिंग के स्टूडेंट्स नहीं बल्कि राजनीतिक विशेषज्ञ हों। फर्राटेदार इंग्लिश उनके मुँह से ऐसे फूट रही थी जैसे उनकी मातृभाषा हिंदी नहीं बल्कि इंग्लिश ही है। उस डिबेट में अगर मुझे किसी चीज ने प्रभावित किया तो वो थी- प्रतिभागियों की इंग्लिश।

उस शाम के बाद मैंने भी अपनी इंग्लिश सुधारने का विचार किया। और अगले ही दिन आगरा में इंग्लिश कोचिंग इंस्टीट्यूट की खोज करना शुरू कर दी। एक ऐसा इंस्टीट्यूट जो मेरी जेब के लिहाज से भी किफायती रहे और पढ़ाने में भी ठीक-ठाक हो। कुछ समय बाद मैंने एक ऐसे इंग्लिश कोचिंग इंस्टीट्यूट का पता किया और एडमिशन ले लिया। इतनी जल्दबाजी के दो कारण थे-पहला की हॉस्टल की शाम से बचा जा सकता था। और दूसरा इंग्लिश जो न केवल आने वाले कल के लिए फायदेमंद होती है बल्कि व्यक्ति के व्यक्तित्व को भी निखारती है, अत इंग्लिश सीखनी जरूरी थी...

पर क्या इंग्लिश वाकई व्यक्तित्व को निखारती है? दरअसल, हमारे समाज में शुरू से ही एक धारणा बनी हुई है कि नॉलेज का मोल हो या नहीं लेकिन भाषा का जरूर है-खासतौर से इंग्लिश। इसी धारणा की वजह से चार इंग्लिश सेंटेंस पूरे आत्मविश्वास के साथ बोलने वाला एक अनपढ़, एक हिंदी मीडियम वाले शिक्षित व्यक्ति के आगे ज्यादा होशियार और पढ़ा-लिखा बन जाता है। वर्तमान में यही लोगों को आँकने का पैमाना बन गया है। लेकिन इन सब बातों का यह अर्थ नहीं कि इंग्लिश या अन्य भाषा सीखी नहीं जानी चाहिए...

***

कोचिंग सेंटर दूर था- मुझे आने जाने में कुल 40 किलोमीटर की दूरी तय करनी पड़ती थी जिसमें लगभग डेढ़ घंटा लगता था। इंग्लिश सीखने के नियमों को मैंने धीरे-धीरे व्यवहार में उतारना शुरू किया। मैं क्लास में सिखाए हर चैप्टर की घर आ घंटो प्रैक्टिस करता और कभी-कभार रात में अगर नींद नहीं आती तो मैगजीन और पुराने इंग्लिश अखबार पढ़ना शुरू कर देता।

एक दिन कॉलेज से हॉस्टल जाते समय मैंने सीनियर्स के एक ग्रुप को किसी इवेंट के बारे में बात करते सुना। उनमें मोहित भैया भी शामिल थे। जी, वही मोहित जिन्होंने कॉलेज के पहले दिन मेरा इंट्रोडक्शन लिया था।भले ही मैं उनसे बात करने में संकोच महसूस करता था। पर आज जब इस इवेंट के बारे में सुना तो मन किया कि

वहाँ जाकर उनसे इस बारे में बात करूँ। लेकिन मेरा दिल इस बात की इजाजत देने में संकोच महसूस कर रहा था।

पर मैंने इन सब बातों को नजरअंदाज़ किया और उनसे बात करना मुनासिब समझा...

"हैलो भैया, मैं रोहन...पहचाना",,, मैंने उन्हें कुछ याद दिलाते हुए अंदाज में कहा।

"अरे बिल्कुल। कैसा है भई, हाँ बोल क्या हुआ?",,,वह बोले

"भैया जो आप इवेंट ऑर्गनाइज करा रहे हैं, तो मैं सोच रहा था कि अगर आप उसमें मुझे भी शामिल कर लें तो एक्स्ट्रा करिकुलम के तौर पर मेरे लिए यह एक नई उपलब्धि होगी और वैसे भी मैं कॉलेज की लाइफ को महज किताबों तक सीमित नहीं रखना चाहता, कुछ यूनिक करना चाहता हूँ",,,.मैंने उन्हें अपना इंटरेस्ट बताते हुए कहा।

"हाहाहाहा, फिर पढ़ाई पर कैसे ध्यान लगाएगा हम्म",,,उन्होंने हँसते हुए कहा।

"नहीं भैया..सब हो जाता है आप भी तो कर रहे हैं न मैं भी आपकी तरह थोड़ी ज्यादा मेहनत कर लूँगा तो बस इसलिए..."

"अच्छा चल ठीक है अब तू इतना इंटरेस्टिड है ही तो अब तो बात करनी ही पड़ेगी।"...

"डोंट वरी करता हूँ मैं कोशिश, ओके।" ...

"जी भैया",,,मैंने मुस्कुराते हुए कहा

इसके अगले दिन उन्होंने मुझे 'इवेंट कोऑर्डिनेटर' से मिलवाया...

जब मैं कोऑर्डिनेटर से मिला। तो उन्होंने मुझे इवेंट से जुड़ी कुछ बातें बताईं और इसके बाद टेम्पलेट डिजाइनिंग, कैंपनिंग और स्टूडेंट्स रजिस्ट्रेशन जैसे कामों की जिम्मेदारी दी।

"काम कैसे किया जायेगा ये सब बातें तुम्हें मोहित जी बता देंगे",,,उन्होंने भैया की ओर इशारा करते कहा।

मैंने उनके दिए हुए काम को सहर्ष स्वीकारा...

मेरा मानना था कि एक सीनियर एक जूनियर से ज्यादा नहीं तो थोड़ा तो अनुभवी होता ही है और इसलिए उन्हें सुनने या उनकी बात मानने में कोई बुराई नहीं है। मैंने उसी दिन रजिस्ट्रेशन और कैंपनिंग

की तैयारियाँ करना शुरू की। मोहित भैया ने मुझे काम समझा दिया था। और इस बीच कोई परेशानी होती तो मैं वहाँ मौजूद टीम के दूसरे सदस्यों से मदद ले लिया करता। लेकिन अब सवाल था कि टेम्पलेट डिजाइन किस तरह किए जाए। मेरे पास न तो उसका कोई फोर्मेट था और न ही कोई इग्ज़ैम्पल। मोहित भैया से पूछा तो उन्होंने यही कहा- "कुछ ऐसा डिजाइन कर जो अट्रैक्टिव लगे।"

उस रात इंग्लिश कोट्स के जरिए मैंने कैंपनिंग को एक नया आयाम देने के विषय के बारे में सोचा और पहली बार एक इंग्लिश क्वाट पेज पर उतारा...

जब आप कुछ नया सीखते, पढ़ते या जानकारी प्राप्त करते हैं तब आप उसे व्यवहार में लाने के लिए हर घड़ी उत्साहित रहते है, जैसे मैं था...

अगले दिन मीटिंग में मुझसे मेरी तैयारियों के बारे में पूछा गया तो मैं बाकी कागजों के साथ क्वाट वाला पेज भी लेकर खड़ा था।

मैंने अपना पूरा प्लान बताते हुए उन्हें वो क्वाट दिखाया।

उन्होंने वह पढ़ा और मुझे अप्रीशियेट करते हुए फटाफट उसे डिजाइन करने के लिए कहा। मेरा यह तरीका कुछ नया था और उन्हें यह पसंद भी आया लेकिन वह इसमें कुछ डिजाइनिंग करावाना चाहते थे ताकि यह और आकर्षक लग सके। लेकिन मेरे लिए अब एक नया सवाल यह था कि यह डिजाइनिंग किस तरह की जाएगी। मैंने न तो कभी यह सीखा था और न ही कभी अनुभव किया था। किसी तरह मौजूद वहाँ दूसरे साथियों ने मेरा यह काम किया। लेकिन उस समय डिजाइनिंग मेरे लिए एक अनोखा और कौतूहल भरा विषय बन गया था।

खैर,

कैंपनिंग यूँ ही जारी रही...

फर्स्ट ईयर के इन्हीं दिनों में शिवम से मिला। हालांकि हम दोनों रूम पार्टनर नहीं थे, लेकिन उसका रूम मेरे हॉस्टल के बगल वाला ही था। शिवम और मेरी खूब बनती थी। उसके कमरे में जाकर कभी ऐसा नहीं लगा कि वो किसी हॉस्टल के कमरे में रह रहा है। वह अपने कमरे

को बहुत साफ और चीजों को व्यवस्थित करके रखता था। शिवम गोरखपुर से था और अपने साथ घर से ही एक कंप्यूटर लाया था।

मैं कंप्यूटर के बारे में अधिक नहीं जानता था लेकिन जानना चाहता था। शिवम के साथ मैं पूरी तरह खुला हुआ था और उससे कुछ कहने में मैं कभी कोई संकोच महसूस नहीं करता था।

मैंने जब उसे कहा कि मुझे भी कंप्यूटर चलाना सिखाए तब उसे पहले तो मेरी अज्ञानता पर अचरज हुआ लेकिन वो मेरी स्थिति से अनजान नहीं था और इसलिए बिना किसी सवाल-जवाब के उसने उसी दिन मुझे कंप्यूटर की बेसिक चीजें सिखाई।

आज के समय में इंजीनियरिंग कर रहा स्टूडेंट आसानी से मोबाइल एप्लिकेशन बना सकता है। लेकिन आज से 15 साल पहले स्थिति ऐसी नहीं थी। स्वदेश मूवी के समय का व्यक्ति आज की संचार क्रांति से बेहद अलग हुआ करता था। कंप्यूटर के बारे में थोड़ा कुछ ही जानकर मुझे लगने लगा था कि मेरे हाथ एक बड़ी जानकारी लग गई है। मैं इसे एक बड़ी उपलब्धि के रूप में महसूस कर रहा था।

***

एक सवेरे हॉस्टल रूम का दरवाजा किसी ने जोरो से खटखटाया। मैं और मेरे रूममेट्स अमित और अंबर अचानक से उठें। एक पल को ऐसा लगा मानो हॉस्टल में कोई अनहोनी हो गई हो। मैंने अचानक दौड़ कर दरवाजा खोला।

बाहर बिंग ए से लेकर सी तक के सभी स्टूडेंट्स कैंटीन के सामने वाले पार्क में इकट्ठा हो रहे थे। दौड़ कर उस ओर जा रहे एक स्टूडेंट से जब मैंने इस बारे में पूछा तो उसने बस यही कहा-

"आज सर की स्पेशल क्लास है..."

मेरी समझ से बाहर था आखिर ये कौन से सर हैं जो क्लासरूम की बजाय पार्क में क्लास ले रहे हैं। अधखुली सी मलती आँखों को रगड़ते हुए हम तीनों पार्क में पहुँचे।

सामने से एक सीनियर जोर से चिल्ला रहा था...

"हाँ तो लंगूरों क्या नया सीखा तुमने इन 6 महीनों में..."

उनके सवालों को सुन और उन्हें देख मैं समझ गया था कि अबकी उन्होंने परेशान करने का एक नया तरीका ढूँढा है। मज़ाक की भी एक सीमा होती है, मैंने सोच लिया था अबकी मैं चुप नहीं रहूँगा। लेकिन इस समय भी मेरा चुप रहना बेहतर ही साबित होने वाला था...

क्योंकि यह क्लास मजाक मस्ती या परेशान करने के लिए नहीं, बल्कि कुछ सीखने और सिखाने के लिए होने वाली थी...

"पूरा सिलेबस कंप्लीट है, सर... और एग्जाम की तैयारी भी पूरी तरह से कर ली गई है",,,हमारे बीच खड़े एक जूनियर ने कहा।

"ठीक है, अच्छा लगा कि आप लोग पढ़ाई कर रहे हैं, लेकिन क्या आपने कभी सोचा है कि सिलेबस महज आपको पास करा सकता है; आपको डिग्री दिला सकता है, लेकिन आप काबिल आपकी स्किल्स और इंटेलिजेंसी के आधार पर बनेंगे। और रही बात नौकरी की तो- मत भूलो, कंपनी को आपकी डिग्री से कोई फर्क नहीं पड़ेगा, पड़ेगा तो सिर्फ इससे की आप उनकी कंपनी को कैसे और कितना आउटपुट दिला सकते हैं।,,, सीनियर बेहद गंभीरता से कहता जा रहा था।

"खुद को डिग्री और नौकरी तक सीमित न रखो। इन दोनों का ताल्लुक पैसों से हैं, आपकी नॉलेज से नहीं । डिग्री और नौकरी दोनों को ही पैसों से खरीदा जा सकता है। लेकिन आपका कौशल और काबिलियत पैसों की मुरीद नहीं है। इसलिए काबिल इंसान बनने पर ध्यान दो। और इन आने वाले तीन सालों में जितना नया सीख सकते हो सीखो, हर समय सीखो, हर दिन सीखो"

"आपके 6 महीने गुजर चुके हैं तीन, साढ़े तीन साल और बाकी है वो भी गुजर जाएंगे। हमने भले ही आपको टीज़ किया आपकी रैगिंग की लेकिन इन सब से अलग हम आपके सीनियर हैं; आपके शुभचिंतक हैं। हमें गाइडेंस नहीं मिली लेकिन हम चाहते हैं जैसे हमने साल गुजारे वैसे आप न गुजारें...बस आज यही सब बताने के लिए हमने आप सभी को यहाँ इकट्ठा किया है"...

"बाकी अब आप कैंटीन से चाय और एक-एक समोसा लेकर अपनी क्लास की ओर जा सकते हैं"...सीनियर ने अबकी अपनी बात खत्म करते हुए कहा।

इंसान को बिना सोचे-समझे कोई भी फैसला नहीं लेना चाहिए। आज एक बार फिर खुद पर काबू रख मैंने अच्छा ही किया था। अभी बीस मिनट पहले मेरा गुस्सा उफान पर था,लेकिन सीनियर द्वारा ये प्रेरक बातें सुन न केवल मेरा गुस्सा छूमंतर हो गया था बल्कि खुद के भीतर एक नई ऊर्जा को भी महसूस कर रहा था।

भले ही आज के समय में विवेक बिंद्रा और संदीप महेश्वरी जैसे मोटिवेशनल स्पीकर आपकी फेवरेट लिस्ट में शामिल हों, लेकिन कॉलेज समय में मैंने जितना सीखा और जितना जानने के लिए लालायित हो पाया वो मैं अपने सीनियर्स की बदौलत ही हो पाया था।

वह सवेरा मेरे लिए एक नया सवेरा था, मुझे नहीं मालूम की उन्होंने कोई बड़ी या प्रेरक बात कही थीं। लेकिन उन्होंने जो भी कहा एक अनुभवी और शुभचिंतक होने के नाते कहा। कुछ ऐसा जिसने मुझे क्षणिक पल के लिए नहीं बल्कि एक लंबे समय के लिए प्रेरित किया था।

उस वक्त बाद मैंने खुद के भीतर बदलाव करने और सीखने के लिए अपनी कॉलेज लाइफ में कुछ नए नियमों को जोड़ना शुरू कर दिया था...

कोई स्टूडेंट कुछ नया करना और व्यावहारिक तौर पर सीखना चाहता है तो वो ये सब कॉलेज हॉस्टल में सिमट कर नहीं कर सकता। और इसलिए मुझे बाहर यानी शहर का रहन-सहन अपनी ओर खींच रहा था आखिर ज्ञान के अवलोकन के लिए जरूरी है कि आप फ्री माइंड रहें, बिना दबाव के रहें।

कॉलेज के कई स्टूडेंट्स इसी अवलोकन की तलाश में बाहर शहर में कमरा लेकर रह रहे थे,और यही विचार रह-रह मेरे दिमाग में भी आने लगा था।

उस समय न केवल मैं जीवन का उद्देश्य ढूँढ रहा था, बल्कि जीवन में कुछ नया करने और उसे सुसज्जित करने के तरीके भी खोज रहा था। यह बात पूरी तरह सच थी कि महज कॉलेज डिग्री से मैं अपने जीवन को एक बेहतर मोड़ नहीं दे पाऊँगा। उसके लिए जरूरी है सैद्धांतिक ज्ञान के साथ-साथ व्यावहारिक ज्ञान का समान होना...

मैं उनमें से हूँ जो स्मार्ट वर्क पर अधिक निर्भर नहीं रहते बल्कि हार्ड वर्क को तवज्जो देते हैं। स्मार्ट वर्क - शॉर्टकट का ही पर्याय है जिसे अधिकतर आलसी लोग अपनाते हैं, जिसके परिणाम भी अक्सर सीमित समय तक के लिए ही निकल कर आते हैं। जबकि, इसके उलट, हार्ड वर्क वह रास्ता है जिसके परिणाम अंत तक टिकाऊ रहते हैं और जो हमेशा इंसान को खुद पर भरोसा बनाए रखने में मदद करते हैं।

4
उड़ान और अरमान

उड़ान और अरमान

साल - 1998, कानपुर शहर - उत्तर प्रदेश

वो दिन जब मैं अपने दोस्तों के साथ क्रिकेट खेल रहा था और तभी हम दोस्तों की निगाहें साफ नीले आसमान में एक पक्षी की भाँति उड़ते हवाई जहाज पर जा पहुँची। हम एक टक खेल भूल ऊपर आसमान में उस जहाज की ओर देखने लगे। लगभग 30 सेकंड बाद वह जहाज आसमान में कहीं गायब हो गया तब हम वापस खेल में लीन होना शुरू हुए। लेकिन अब क्रिकेट के खेल की जगह एक किस्से ने ले ली थी। किस्सा उस जहाज का जो अभी आसमान में कहीं गुम हो गया था।

"रोहन, यह जहाज कैसे उड़ता होगा",,,बराबर में खड़े विकेटकीपर ने बड़ी उत्सुकता से पूछा।

"पता नहीं भाई, शायद उसके पंख में जो इंजन लगे होते हैं, वो उड़ाकर ले जाते होंगे उसे",,,मैंने बिना कोई वैज्ञानिक सिद्धांत जड़ते हुए कहा।

"हम्म, लेकिन लोगों को डर नहीं लगता होगा",,,विकेटकीपर ने फिर सवाल दोहराया।

"लगता होगा लेकिन वो सब पैराशूट बाँधकर रखते होंगे न..ताकि जहाज गिरे भी तो बचा जा सके.."

बोलर की दो बोलें साइड में से निकल चुकी थी, और विकेटकीपर ने दोनों ही मिस कर दी थी, और उसकी बातों में मशगूल हो मैंने भी।

आखिर तीसरी बोल ने मेरा किल्ला उड़ा दिया था...

मैं आउट हो चुका था। लेकिन विकेटकीपर के सवाल बार- बार मुझे तंग कर रहे थे। लेकिन ये सवाल वैज्ञानिक दृष्टिकोण से अलग थे।

मैं सोच रहा था आखिर यह जहाज बनता कैसे होगा, इसमें खर्चा कितना आता होगा, और फिर इनके मालिक इतने महँगे जहाज को खरीदता कैसे होंगे...और तो और इस जहाज में बैठने वाले लोगों के पास आखिर इतना पैसा कहाँ से आता होगा कि उनके लिए जहाज की यात्रा करना भी बेहद आम बात है!

ताऊ जी तो खुद टेम्पो और बसों के धक्के खाते हैं, और कभी-कभार तो चंद पैसे बचाने के लिए पैदल ही काम पर चले जाते हैं। आखिर ऐसा क्यों होता है, कि कुछ पैसे बचाने की खातिर इंसान खुद से ही समझौता करना शुरू कर देता है!

बालपन में हताशा और निराशा की परिभाषा भी बिल्कुल अलग होती है। एक बच्चा जो अचानक से खुद के भीतर बसी चपलता, कौतूहलता और मतवालेपन को भूला शांत स्वभाव से हठता की चरम सीमा तक जाने में हिचकिचाने लगे तो समझो वह बालपन की निराशा व हताशा वाली मनोदशा से गुजर रहा है...

मेरा बचपन वैसे तो एक पॉश इलाके में गुजरा है। पड़ोसी से लेकर रिश्तेदार तक सभी पैसे वाले हुआ करते थे। लेकिन मेरी पारिवारिक स्थितियाँ उनसे कुछ अलग थीं। हमारी आर्थिक दशा उतनी दुरुस्त नहीं थी और हम बहुत ही मामूली जीवन जीते थे।और यही मेरा खुद से सवाल हुआ करता था-कि आखिर हम औरों से अलग क्यों हैं,आखिर हमारी तकदीर ऐसी क्यों है?

उस दौरान इलाके में काइनेटिक होंडा का बोलबाला था। यह वह समय था जब साइकिल मिडिल क्लास को एक औसत दर्जा दिया करती थी। लेकिन काइनेटिक होंडा अगर आपके पास है तो आपकी रहीसों में गिनती खुद-ब-खुद हो जाती थी। एक युवा वर्ग के लिए यह

स्कूटर खुद में बड़ी बात थी। लेकिन एक 11 साल के बच्चे को इसमें कितनी दिलचस्पी हो सकती है; जाहिर है, वह इसमें ज्यादा रुचि नहीं लेगा जब तक कि वह अपने से हम उम्र के बच्चों को उसमें उलझा न देखे। स्वाभाविक है काइनेटिक होंडा मेरे बालापन को अधिक आकर्षक नहीं कर सका। लेकिन इसके बाद स्थिति बदलने वाली थी। जल्द ही बजाज ने बच्चों के लिए स्पेशल मिनी सनी स्कूटी लांच किया। इलाके में प्री- बुकिंग ऐसे होने लगी मानो अगर ये नहीं तो उनके बच्चों के खेलने के लिए अन्य साधन या खेल खिलौने नहीं।

यह समाज का दस्तूर है कि हाई क्लास नई और ब्रांडेड वस्तुओं का शौकीन होता है; एक मिडिल क्लास उनका शौकीन तो नहीं लेकिन हाई क्लास की होड़ जरूर करता है और इसी होड़ में वह अपनी सर्वस्व पूँजी लूटा देता है...

इलाके में चारों ओर मिनी स्कूटी दौड़ती फिरती थी। वे मुझे कभी-कभार उस पर घूमाते तो थे लेकिन मैं असहाय सा इस उम्मीद में रहता कि कोई मुझे भी इस स्कूटर को चलाने का मौका दे। लेकिन समझ बड़ों में होती है बच्चों में नहीं। वे मुझे लताड़ दिया करते और एक ताना मारते कि-जाओ, इतना ही शौक है तो अपने घरवालों को बोलो, दिला देंगे। इसके बाद मेरे पास दो ही विकल्प बचते या तो किसी तरह इधर-उधर घूम कर टाइमपास कर लिया जाए या फिर अपनी तकदीर को रोया जाया कि - आखिर हम अमीर क्यों नहीं हैं।

आज इन बातों को सोचता हूँ तो बस यही निष्कर्ष निकाल पाता हूँ कि अभाव में बिताया गया बचपन लाख बातें सीखा देता है। लेकिन शानौ शौकत में बिताया बचपन उधमी और जिद्दी बना देता है।...

उस समय मैं बस यही सोचता कि कैसे और किस तरह अपनी तकदीर को एक नया और सुनहरा मोड़ दिया जाए।

बचपन में नहीं पता होता कि समय क्या होता है ,निर्धनता क्या होती है- पैसे कैसे कमाए जाते हैं। हमें ये सब बहुत आम और आसान लगता है; क्योंकि समय पर खाना, पहनने के लिए ठीक-ठाक कपड़े और सोने के लिए एक छत आसानी से मिल जाती है। पर जब किसी व्यक्ति को इन तीनों के अभाव में देखते हैं तब समझ आता है कि

कमियाँ असल में होती क्या हैं और तब मन खुद-ब-खुद अभावों से समझौता कर लेता है।

असल में, जीवन हरेक का रंगीन होता है बस फर्क इतना है कि हम दूसरों से तुलना कर उस जीवन को बेरंग बना लेते हैं...

5
बचपन और मैं...

बचपन और मैं...

साल - 1992, सुल्तानपुर जिला - उत्तर प्रदेश

आज का दिन मेरे लिए बहुत ही खुशी भरा था, आज मैंने स्कूल के पहले पड़ाव यानी पहली कक्षा में पहला स्थान हासिल किया था। और खुशी-खुशी अपने इस उत्साह को परिवारजनों के साथ साझा करने जा रहा था। लेकिन तभी मेरी ये खुशियाँ एक दुर्घटना की गर्त में समा गई।

एक स्कूटर से मेरी ज़ोरदार टक्कर हुई...

हालांकि, मुझे कोई गंभीर चोट नहीं आई, ट्रीटमेंट और कुछ दिनों के आराम के बाद मैं ठीक हो गया और हम सुल्तानपुर से ताऊजी के पास कानपुर आ पहुँचे।

अक्सर हम छुट्टियों में ताऊ जी के पास जाया करते थे। वहाँ ताऊ और ताई जी के पास रहना मुझे बहुत अच्छा लगता था। एक दिन पापा और ताऊ जी मेरी आगे की पढ़ाई के बारे में चर्चा कर रहे थे। ताऊ जी के महज़ एक ही संतान थी, -सुरभि दीदी। उस समय पापा और ताऊ जी के बीच कुछ बातें हुई। दरअसल, ताऊ जी मुझे वहाँ रखना चाह रहे थे। पापा पहले इसके लिए तैयार नहीं थे। लेकिन ताऊ जी के कहने पर और मेरा उत्सुकता को देखते हुए आखिर वह मान गए।

छुट्टियाँ खत्म होने और स्कूल खुलने पर मेरा एडमिशन कानपुर में ही करा दिया गय

कानपुर में सब कुछ बदल गया था, मेरा वहाँ अधिकतर समय खेलने में व्यतीत होता। पढ़ाई-लिखाई पर मेरा कोई खास ध्यान नहीं रहता था। कुछ ही महीनों के भीतर स्कूल से शिकायतें भी ताऊ जी के पास पहुँचने लगीं। ताऊ जी डाँटते फटकारते और समझाते, पर मुझे कोई खास फर्क नहीं पड़ता...

अगले आठ साल तक कक्षाएँ और स्कूल इसी तरह बदलते गए, लेकिन मुझमें कोई खास बदलाव नहीं आया। हाँ, मुझे इस बात का आभास तो होने लगा था कि एक सुनहरे भविष्य के लिए पढ़ना बहुत जरूरी है, पर मैं इस विचार पर अमल कर पाने में असमर्थ था। मैं जानता था कि हमारी आर्थिक स्थिति ठीक नहीं है और अगर उसे हमें बदलना है तो जरूरी है कि मन लगाकर पढ़ाई लिखाई की जाए। लेकिन अब इसे संगत कहा जाए या मेरी अपरिपक्वता। मैं हमेशा ऐसे ख्यालात को भगवान भरोसे छोड़ अनदेखा कर दिया करता।

भविष्य की चिंता में क्षणिक भर के लिए आए ख्याल यह तय नहीं करते कि आप वाकई चिंता में है। बल्कि, वे ख्यालात जो आपको आधी रात में जगा मेहनत करने पर मजबूर कर दें केवल वही ख्याल आपकी चिंता और आपके असल जिम्मेदाराना रवैये को व्यक्त करते हैं।

शुरू से ही मैं अपनी पारिवारिक परिस्थितियों से अवगत था, बावजूद इसके मैंने कभी उन परिस्थितियों को एक नया मोड़ देने या गंभीर होने की कोशिश नहीं की। कक्षा आठ तक आते-आते मेरे चार स्कूल बदले जा चुके थे। लेकिन मज़ाल मैंने कभी किताबों से दोस्ती करना चाहा हो। लेकिन कहते हैं न कि वक्त बदलता है तो आप भी बदलते हैं। और इस बदलाव की शुरुआत तब हुई जब एक रोज ताऊ जी कुछ परेशान लग रहे थे...

यह पहली बार था जब वह किसी गहरी सोच में डूबे हुए थे। रात में खाना खाते समय माहौल में एक अलग ही शांति थी। शांत से माहौल में केवल बर्तनों के खड़खड़ाहट बता रही थी कि जरूर कोई बात है।

उस समय मैंने चुप रहना ही ठीक समझा। रात करीब दस बजे ताऊ जी बरामदे में बैठे कुछ हिसाब किताब कर रहे थे। परेशान तो वो पहले भी रहे थे लेकिन आज के माहौल की उदासी से मालूम हो रहा था कि जरूर कोई बड़ी और गंभीर बात हुई है। मेरी आँखों में नींद नहीं थी। सोने की कोशिश तो कर था मगर उस सुनसान भरी रात में बाहर से आ रही निखालिस कागज पत्रों की आवाजें रह-रह मेरे कानों में पड़ रही थीं।

कई करवटें बदलने के बाद भी जब नींद नहीं आई तो मैं उठ बरामदे की ओर बढ़ा। बल्ब की रोशनी में ताऊ जी बड़े गोल फ्रेम का चश्मा लगा उन कागजों में मुस्तैद थे। मेरी कदमों की चाप जब उनके कानों में पड़ी तो उन्होंने बड़े ही नम्र स्वभाव व फीकी हँसी से मुझसे कहा...

"अरे बेटा रोहन सोया नहीं अभी",,,उन्होंने कागज समेट मुझे अपने पास बुलाया।

"आओ यहाँ बैठो"...

"नहीं, यूँ ही नींद नहीं आ रही थी...

आप क्यों नहीं सोए" ,,,मैंने उनके पास बैठते हुए सवाल किया।

"बस, बेटा कुछ काम था"...

"क्या, मैं कुछ मदद करूँ आपकी",,,मैंने कागजों को एकटक हाथ में पकड़ते कहा।

"अरे, नहीं बेटा! आज ये ऑफिस से जुड़े कुछ कागज इधर-उधर हो गए थे तो वही लगा रहा हूँ। कल सुबह तक ये काम नहीं हुआ तो कंपनी को बड़ा लॉस हो सकता है और फिर मेरी नौकरी का तो कोई सवाल ही नहीं रहेगा न",,,ताऊ जी फिर एक फीकी हँसी हँसते हुए बोले..

मैं चुप था और उस रात पहली बार मैंने ये सोचा कि काश! मैं भी ताऊ जी की कुछ मदद कर पाता। न जाने कितने लंबे समय तक जागना होगा उन्हें।

"और रोहन तुम्हारी पढ़ाई कैसी चल रही है",,,ताऊ जी ने पेन का केप लगाते अबकी गंभीरता से पूछा।

"ठीक! चल रही है ताऊ जी",,,मैंने फीके मन से जवाब दिया।

ताऊ जी मुस्कुराए और उन्होंने मेरे कंधों पर हाथ रखते हुए कहा ....

"बेटा, मेरी एक बात बड़े ध्यान से सुनना। ये ज़िंदगी इतनी छोटी नहीं है जितना कि हम समझते हैं। एक समय बाद ये बोझिल लगना शुरू हो जाती है। और वो भी पता है क्यों ,क्योंकि तब हमारे पास केवल खुद की जिम्मेदारी नहीं होती...बल्कि बहुत लोग हमारे पीछे होते हैं। और हम उस जिम्मेदारी का निर्वहन तभी कर पाते हैं जब हमारे पास एक अच्छा खासा रुतबा और नौकरी होती है...और तुम अब बच्चे नहीं रहे हो तुम जानते हो एक अच्छी नौकरी के लिए पढ़ाई कितनी जरूरी है। तुम्हें पता है तुम्हारी शिकायतें और शरारते अक्सर हमें शर्मिंदा करती हैं। लेकिन बावजूद इसके हम तुम्हें प्यार करते हैं... कभी दूसरों से तुम्हारी तुलना नहीं करते। पता है-क्यों, क्योंकि हम तुम पर विश्वास करते हैं। हमें विश्वास है हमारा रोहन अंदर से कितना सच्चा और ईमानदार है। और आगे चलकर वो जरूर हमारा नाम रोशन करेगा...और हाँ तुम इस बात को भी जान लो- जब तुम कामयाब होंगे तो तुम्हारे पापा से भी ज्यादा मुझे खुशी होगी। मैंने हमेशा तुमसे यही उम्मीद की है कि तुम अपनी बहन से भी आगे बढ़ो।

मैं जानता हूँ अभी तुम्हारी अधिक उम्र नहीं है। लेकिन बेटा हमेशा ध्यान रखना तामीर की नींव जितनी गहरी और पुरानी होती है वह उतनी ही ज़्यादा मज़बूत और टीकाऊ रहती है। और अगर तुम अभी भी आने वाली जिम्मेदारियों को नहीं समझोगे तो बहुत ज्यादा समय गवा दोगे"...

ताऊ जी ने अपना चश्मा उतारा, नम सी आँखों को पास पड़े अंगोछे से पूछा। सामने वाली दीवार पर टँगे घंटे की ओर देखा तो बारह बज चुके थे...

"चलो, अब तुम सो जाओ मैं भी जल्द काम निपटा कर एक छपकी तो ले ही लूँगा"...ताऊ जी ने कुछ हँसते हुए कहा।

अक्सर जब आपके माता-पिता या संरक्षक आपको समझाने की सारी सीमाएं लांघ देते हैं पर तब भी आप सही कदम नहीं ले पातें तब वो थक-हार आदेश की बजाय उपदेश देना शुरू कर देते हैं, जिन्हें मानना या न मानना पूरी तरह आप पर निर्भर करता है। ये उपदेश पूर्णता जज़्बातों के इर्द-गिर्द घूमते हैं। वे लाचार होते हैं, थके होते हैं बावजूद वह आपके बारे में चिंतित रहते हैं। वे रुआंसे लगातार आपके भविष्य के बारे में आपको चेता रहे होते हैं और आखिर तक यूँ ही कोशिश करते हैं....

उस रात ताऊ जी की इन सभी बातों ने मुझे एक बार फिर सोचने पर मजबूर कर दिया था। आपकी ज़िंदगी जिम्मेदारियों से भरी हुई है। आपकी आर्थिक स्थिति इतनी दुरुस्त होनी चाहिए कि आपकी जिम्मेदारियों के सहारे रह रहे लोग एक अच्छा खासा जीवन व्यतीत कर सके ताकि ज़िंदगी बोझिल न लगे...

6

नया स्कूल और नए दोस्त...

नया स्कूल और नए दोस्त...

साल - 2001, कानपुर शहर - उत्तर प्रदेश

यह फिर एक नए स्कूल की नई शुरुआत थी। मैं कक्षा नौ में पहुँच चुका था। गर्मियों की छुट्टियों के बाद स्कूल आमतौर पर एक जुलाई को शुरू होते हैं। उस रोज मेरे कदम तेजी से स्कूल की ओर बढ़ रहे थे। जैसे-जैसे सूरज ऊपर की ओर खिसक रहा था गर्मी और शहर की भीड़ लगातार बढ़ रही थी। स्कूल के निश्चित समय से 15 मिनट की देरी से मैं स्कूल पहुँचा। स्कूल का मैदान पूरी तरह साफ था। मैं समझ चुका था क्लासेज़ स्टार्ट हो चुकी हैं। कुछ देर सेक्शन और क्लास टीचर का पता करने में भी समय लगा...

उस समय जब मैं क्लास पहुँचा। तब क्लास टीचर बच्चों का इंट्रोडक्शन ले रही थीं।

"मैम, मे आई कम इन",,,मैंने क्लास के दरवाजे पर खड़े होकर कहा।

"यस,,,वट्स योर नेम"...

मैम, रोहन,...9th-C

मेरे शॉट इंट्रोडक्शन के बाद टीचर ने मुझे क्लास में अंदर आने की अनुमति दी...

मिडिल रॉ के आखिर से तीसरी सीट पर बैठने के बाद मेरी नजरों ने एक बार फिर क्लास की तफ़्तीश की। ये नजरे नई क्लास और नए

चेहरों को बड़ी उत्सुकता से जानना चाह रही थी। मेरी पुतलियाँ इस कदर घूम रही थीं मानो पूरी क्लास का मुआयना करना चाह रही हों। कुछों ने नजरों-नजरों में ही स्माइल पास की तो कुछ ने वेव किया। लेकिन कहते हैं जब आपकी नजरें वापस किसी शख्स पर टिक जाए तो वह शख्स जरूर आपकी ज़िंदगी में कुछ उथल-पुथल करने वाला है। नौवीं दसवीं कक्षाएँ आमतौर पर वो कक्षाएं होती हैं जब आप इस फेज को फेस करना शुरू करते हैं, जो मैं करने वाला था...

लेफ्ट रॉ की सबसे आगे वाली सीट पर बैठी वह लड़की बार-बार पीछे मुड़कर मुस्कुरा रही थी। पहले नॉर्मल लगा लेकिन जब उसका यह अभिनय बार-बार बढ़ने लगा तब मुझे खुद को लेकर संशय हुआ। मुझे लगा ये मेरी स्कूल की पुरानी ढीली-ढाली ड्रेस देख हँस रही है, या मेरे सिर के सीधे कड़े बाल इतर-बितर हो रहे हैं या फिर इन सबसे अलग उसने क्लास में एक नए विद्यार्थी की बेचैनी को भाप लिया था।

मेरी वह क्लास बड़ी बेताबी में बीती। मैं जानना चाह रहा था आखिर वह मुझे देख यूँ हँस क्यों रही थी। लगभग पैंतालीस मिनट बाद जब क्लास खत्म हुई तो वह अचानक मुस्कुराती हुई मेरे पास आई...

"हाय...अंकिता",,,उसने हाथ बढ़ाते हुए कहा।

"रोहन",,,मैंने भी नाम बताया।

"हाँ, पता है",,,वह अचानक बोली।

"पता है? कैसे!",,,मैं अचंभित हुआ।

"अरे! बुद्धु अभी क्लास में एंटर करने से पहले तुमने बताया था न मैम को",,,वह हँसते हुए बोली

ओ हाँ,,,याद आया,,मुझे अपनी बेवकूफी पर अफसोस और उसकी होशियारी पर हैरानी हुई।

"चलो, नेक्स्ट पीरियड में मिलते हैं,,,टेक केयर,,और हाँ नाईस हेयर स्टाइल"...

"ओ थैंक्यू".,,,मैंने माथे पर आई लटाओं को हाथ से हटाते हुए कहा।

वह मुस्कुराई और आगे बढ़ अपनी सीट पर जाकर बैठ गई...

वह बातों में मशगूल थीं और मैं पीछे बैठ अभी भी यह सोच रहा था कि मेरा हेयर स्टाइल खुद मुझे ज्यादा बेहतर नहीं लग रहा, फिर क्यों उसे ये बिखरे बाल पंसद आए...

अचानक, कुछ समय बाद पता चला...यह एक 'सारकास्टिक कॉम्प्लिमेंट' था

खैर, अगली क्लास शुरू हो चुकी थी....

दोपहर घर पहुँचा तो मैंने जूतों को व्यवस्थित ढंग से रखा और स्कूल यूनिफॉर्म बदल मुँह हाथ धोकर वापस लोटा। ताई जी उस दौरान बड़ी बहन को खाना परोस रही थीं...

"अरे वाह! आज तो सूरज पश्चिम से निकला है",,,दीदी ताई जी की ओर देख भौं चढ़ाते हुए बोलीं।

"क्यों क्या हुआ",,,ताई जी और मैंने लगभग एक साथ पूछा।

"देखो, आज तुम्हारे जूते और यूनिफॉर्म भी बिल्कुल आदर्श बच्चों की तरह अपनी जगह रखे हैं",,,बहन ने शू रैक की ओर इशारा करते हुए कहा।

"तो क्या दीदी अब क्या मैं बच्चा ही रहूँगा,नया स्कूल है नए लोग हैं थोड़ा तो मैच्योर बनना ही पड़ेगा न।"

"और क्या,और अच्छी आदतें ही इंसान को अच्छा बनाती हैं, अब रोहन को समझदार और जिम्मेदार बनना है तो ये आदतें उसके लिए बहुत जरूरी हैं, सुबह देखा नहीं अलार्म मुश्किल से 5 सेकंड ही बजा होगा और ये तुरंत उठ गया था।",,,ताई जी ने मेरी प्रशंसा करते हुए कहा।

"चलो अच्छा है अब कम से कम इसरी वजह से पापा मुझे तो नहीं डाँटेगे , गुड भाई कीप इट अप,,और बता कैसा रहा तेरा आज का दिन",,,बहन ने वाक्या पूरा करते हुए पूछा।

"ठीक था! नए स्टूडेंट और नई क्लास और ये नई किताबें, उफ्फ!,,मैंने एक लंबी साँस छोड़ी।

"क्यों किया हुआ किताबों में?"

"दीदी बाकी सब्जेक्ट तो कुछ-कुछ समझ आ रहे हैं, लेकिन मैथ्स का सिलेबस वाकई बहुत टफ है। मेरी तो समझ से ही बाहर है",,,

"अरे! तो एक दिन में थोड़ी न कुछ आयेगा। दोस्तों और टीचरों से बात कर और फिर जब समझाएं तो प्रैक्टिस कर। धीरे-धीरे होगा न सब, जो पढ़ाया जाए उस पर ध्यान रख बस और देखना जब तू पूरी लगन से पढ़ाई करेगा न तो तू एक हफ्ते में ही खुद के भीतर बदलाव देखेगा।",,,दीदी ने मुझे समझाते हुए कहा।

"चल अब खाना खा, आराम कर फिर मिलकर तेरे सिलेबस की चिंता को खत्म करने की कोशिश करते हैं।"

कहते हैं, इंसान अगर किसी भी आदत पर इक्कीस दिन अमल न करे तो वह उसे छोड़ सकता है और इसी तरह अपना भी सकता है। ये आदतें भी दो तरह की होती हैं,-बुरी आदत और अच्छी आदत।, उत्सुकता, उतावलापन, सरलता, आमोद और बुरी संगत ये गुण आपको बुरी आदत की ओर अग्रसर करते हैं। जबकि-जिज्ञासा,अनुशासन, परिश्रम, निष्कपटता और उचित सुसंगति ये गुण अच्छी आदत के सूचक हैं। उस दौरान मैंने अनुशासन और परिश्रम की राह पर चलना शुरू कर दिया था...

उस दिन लगभग 1 घंटे तक दीदी ने मेरे मैथ्स को लेकर डाउट्स क्लियर करने की कोशिश की। लेकिन वह मेरी समझ से बाहर रहा और वैसे भी एक दिन में तो पढ़ने की आदत नहीं डाली जा सकती थी न, अचानक से नौवीं क्लास की मैथ्स को लेकर बैठोगे तो वो कैसे समझ में आने वाला है, मैथ्स मेरे लिए टफ तो था ही लेकिन यह मेरे लिए एक नए सब्जेक्ट जैसा भी था। जिसका मुझे बेसिक तक भी नहीं पता था।

ताकि दीदी को ये न लगे कि मैं उनकी बातों पर ध्यान नहीं दे रहा या उनकी बातें मेरे पल्ले नहीं पड़ रही इसलिए मेरी गर्दन स्वाभाविक रूप से सिर्फ हाँ में हिल रही थी आखिर कुछ समय दीदी ने कहा..

"ठीक है, इतना क्लियर हुआ! बाकी हम लोग कल समझते हैं। फिलहाल, जो अभी बताया है वो रिवाइज कर लेना"

ये कह वह बाहर चली गईं और मैं उन किताबों के बीच बेबस सा माथा रगड़ता रहा।

उस दौरान कमरे में फैली किताबें मेरी पढ़ाई को लेकर गंभीरता प्रकट कर रही थीं। लेकिन क्या करता मुझे एडवांस से पहले बेसिक डाउट्स क्लियर करने थे तभी मैं आगे बढ़ सकता था। इसी परेशानी में डूबा बिखरी किताबों को करीने से बैग में लगा रहा था कि मुझे अचानक किसी का ख्याल आया जो मेरी मदद कर सकता था। मेरे चेहरे पर थोड़ी मुस्कान आई, मैंने फटाफट किताबों को बेतरतीब ढंग से बैग में रखा और कल सुबह का इंतजार करने लगा...

***

यह स्कूल में मेरा दूसरा दिन था, कल मैं लेट हो गया था। लेकिन आज मैं समय से 15 मिनट जल्दी पहुँच चुका था। जब मैं क्लास में पहुँचा तो वहाँ दो-तीन बच्चे ही मौजूद थे। पूरी क्लास खाली थी। मैंने उन्हें हैलो कहा और अपनी सीट पर जाकर बैठ गया। लगभग 5 मिनट बाद बच्चों का जमावड़ा शुरू हो चुका था। सवा आठ हो चुके थे, लेकिन मैं जिसका बेसब्री से इंतजार कर रहा था वह अभी भी मौजूद नहीं था। प्रेयर बैल बज चुकी थी,,,

लगभग दस मिनट बाद प्रेयर खत्म हुई। पहला पीरियड शुरू हो चुका था। मेरा इंतजार निराशा में बदल रहा था।

क्लास टीचर ने अटेंडेंस लेना शुरू कर दिया था।

रोल नंबर- वन, टू, थ्री, फॉर..,इसी क्रम में पैंतालीस बच्चों के रोल नंबर बोले जा चुके थे,..खैर, अब मुझे कोई उम्मीद नहीं रही थी। उम्मीद, इंसान को ढाढस बांधना तो सिखाती है, लेकिन जब वक्त उम्मीद के विपरीत दिशा की ओर बढ़ता है तो वह घोर निराशा की ओर बढ़ जाता है।

“मैम, रोल नंबर-8, अंकिता”,,,क्लास के गेट पर खड़ी उस हाँफती हुई लड़की ने कहा।

“इतना लेट क्यों?”,,,मैम ने एक नजर उठाकर पूछा।

वह शांत थी,,,

“ओके कम इन,,,लेकिन आइंदा ऐसा नहीं होना चाहिए,,,और ये वार्निंग सभी के लिए है, अदरवाइज़- आई सेल नॉट परमिट यू एंटर इन द क्लास",,,मैम ने क्लास को वॉर्न करते हुए कहा

आगे कोई सीट खाली नहीं थी, लिहाजा अंकिता को पीछे बैठना पड़ा।

उसने एक नजर मुझ पर दौड़ाई और एक छोटी सी स्माइल पास की। मैंने उसे हैलो कहा, उसने भी कुछ भारी मन से मेरा रिप्लाई किया।,,शायद वह आज कुछ उदास थी।

पहला पीरियड खत्म हो चुका था..और इसी तरह दूसरा भी, लेकिन मैंने उससे कुछ पूछा नहीं।

बस, उस मैथ्स के सिलेबस पर प्रिंट हुए अक्षरों पर यूँ ही पेंसिल फेरता रहा...

लंच हो चुका था। कुछ बच्चे क्लास में ही लंच कर रहे थे तो कुछ कैंटीन की ओर जा रहे थे। उस खाली सी क्लास में सिर्फ दो ही बच्चे चुपचाप और एकाग्र से बैठे थे-

अंकिता बड़ी तल्लीनता से डायरी में कुछ लिख रही थी।

“सुनो! तुम्हें लंच नहीं करना”,,,मैंने टिफिन ऊपर उठाते पूछा।

“नहीं- आज में लाई नहीं तुम करो, रोहन”,,,वह कुछ सोचते हुए बोली।

“कोई नहीं हम शेयर कर सकते हैं”,,,मैंने उससे फिर एक बार पूछा।

उसने डायरी बंद की और बड़ी उत्सुकता से पूछा,,”क्या लाए हो?”

“आलू के पराठे”,,,

“अरे वाह! बहुत बढ़िया, तो क्या फिर तुम भूखे नहीं रह जाओगे”,,,उसने एक निवाला तोड़ते हुए पूछा।

“हम्म्म...शायद”,,,मैंने अबकी मुँह बनाते हुए कहा।

इतना कहते ही उसका निवाला बीच रास्ते में ही रुक रह गया,,,

“हाहाहाहा... मजाक कर रहा था, तुम खा सकती हो।”

वह हँसी और आलू के पराठे की तारीफ करते हुए कल भी लेकर आना- कहा। लंच खत्म हो चुका था। लेकिन मेरे कलाकारी किए हुए सिलेबस पर उसकी नजर जा चुकी थी।

स्कूल की छुट्टी हो चुकी थी। सभी बच्चे कतारबद्ध हो स्कूल से निकल रहे थे...

"सुनो!"..अंकिता ने मेरे कंधे पर हाथ रखते हुए कहा।

"हाँ",,,

"तुम्ह मैथ्स सिलेबस को लेकर कंफ्यूज हो न!"...

"हाँ, लेकिन तुम्हें कैसे पता",,,मैंने हैरानी से पूछा।

"दो बातों से पहला तो ये कि तुम सेकंड पीरियड से इसमें आँखे गढ़ाए बैठे हो, और सिलेबस की शक्ल ऐसी लग रही थी जैसे किसी थर्ड क्लास के बच्चे की बुकलेट हो।",,,

"मैं मैथ्स में शुरू से ही वीक रहा हूँ और अब अचानक से नया स्कूल है नई क्लास और नया सिलेबस है तो ये सब समझ नहीं आ रहा। कल दीदी ने बहुत अच्छे से समझाया था लेकिन तब भी पल्ले नहीं पड़ा",,, आखिर मैंने अपनी परेशानी बताते हुए कहा।

"अरे तो पूछा क्यों नहीं कुछ, पूछ लेते",,,अंकिता बोली।

"हाँ, तो मैं सुबह से तुम्हारा ही इंतजार कर रहा था कि तुम्ही से पूछूँगा,,,लेकिन तुम लेट आई और फिर तुम थोड़ी उदास भी दिख रही थीं,,सो मैंने पूछा नहीं",,,

"अरे! तो पूरी क्लास के सामने डाँट खाने के बाद किसका मूड अच्छा होता है,,लेकिन इसका मतलब ये कतई नहीं है कि मैं उदास थी,,खैर, तुम बेफिक्र रहो मेरी मैथ्स अच्छी है मैं तुम्हारे बेसिक डाउट्स से लेकर एडवांस सभी में मदद करूँगी। ओके.,,सो डॉन्ट वरी।

बस, तुम आलू के पराठे खिलाते रहना।",,

"हाहाहाहा",,,बिल्कुल।

अंकिता का इस तरह से बात करना कुछ हद तक टेंशन खत्म कर चुका था...

दीदी सही थीं, महज एक हफ्ते के भीतर ही मुझे मैथ्स के बेसिक इक्वेशन समझ आने लगे थी। पहले क्लास में सर समझाते और

उसके बाद अंकिता और फिर मैं खाली समय में प्रैक्टिस करता। अंकिता मैथ्स में इतनी तेज थी कि क्लास के बाकी बच्चे भी उससे मदद लिया करते थे। लेकिन इन सबसे अलग वह मैथ्स को लेकर मेरी कमजोरी समझ चुकी थी। धीरे-धीरे जो मैथ्स अब तक मुझे डराती थी वो अब मुझे सबसे इंटरेस्टिंग सब्जेक्ट लगने लगा था। यदि कभी मैं पढ़ाई को लेकर बोरियत या आलस महसूस करता तो अंकिता मुझे यह कहते हुए डाँट देती कि,,,मेरे साथ पढ़ना है तो मन लगा कर पढ़ा करो अदर-वाइज नहीं। और उस दौरान मैं एक आदर्श विद्यार्थी की तरह जी मैम, सॉरी मैम कह चुप हो जाता।

आज उस समय को सोचता हूँ तो बस यही अनुमान लगा पाता हूँ कि एक स्टूडेंट के भविष्य के लिए अच्छा संग-साथ होना कितना और क्यों जरूरी है। अंकिता न केवल पढ़ाई में अच्छी थी बल्कि मस्ती और खेल में भी काफी आगे रहती थी। उसके स्वभाव और समझदारी के गुणों को टीचर्स से लेकर स्टूडेंट्स तक सभी सराहते थे

एक समय जब क्लास में ट्रिग्नोमेट्री का टेस्ट हुआ तो उसके सौ में से नब्बे मार्क्स आए थे और मेरे पचपन। मेरे लिए ये काफी थे लेकिन अंकिता इससे खुश नहीं थी। सिर्फ इसलिए नहीं कि मेरे पचपन नंबर आए बल्कि इसलिए की मैं उन पचपन मार्क्स में ही काफी खुश और संतुष्ठ था...

मैं अंकिता की हर बात पर गंभीरता से विचार करता। हालांकि, उस रोज के बाद भी मेरी परफॉर्मेंस में कोई ज्यादा सुधार तो नहीं हुआ। लेकिन मैं अपने उन नंबरों को लेकर हमेशा ऐसे दिखाता मानो मैं कम आए नंबरों को लेकर कितनी शर्मिंदगी महसूस कर रहा हूँ। मैं भले ही एक अच्छा स्टूडेंट नहीं रहा लेकिन अंकिता और दीदी ने मेरी इतनी मदद जरूर की थी की मैं ब्लो से एवरेज की पोजीशन पर आ गया था।

धीरे-धीरे अंकिता और मैं अच्छे दोस्त में बदल गए थे और यह दोस्ती समय के साथ-साथ बेहद मज़बूत होती गई। मैं अक्सर नोटिस करता कि जब कभी मैं क्लास में कोई गलती करता तो वह सब जानते हुए भी मेरा पक्ष रखती। यूँ तो पूरी क्लास ही उसकी होशियारी

से प्रभावित थी; लेकिन मेरा उसे लेकर एक अलग ही रुझान था। अंकिता उन लड़कियों में से कतई नहीं थी जो अपनी समृद्धता पर मदमाती फिरे। नॉर्मल रहना, नॉर्मल खाना और सबसे जरूरी नॉर्मल दोस्त रखना जिस फेहरिस्त में बस एक मैं ही शामिल था। पूरी क्लास उसकी दोस्त थी, लेकिन उसका लगाव मेरे से कुछ ज्यादा ही था। सपनों को हकीकत में बदलने की जिद पाले वह लड़की ज़िंदगी में कुछ करने की चाह रखती थी। यही वजह थी कि उसके काफी कम दोस्त थे पर पढ़ाई को लेकर हमेशा। लेकिन चौदह-पंद्रह साल की उम्र में आप खुद को कैसे बचकानी चपलताओं से रोक सकते हैं, ऐसा ही अंकिता के साथ भी था। वह भले ही काफी समझदार हो लेकिन वह बातूनी बहुत थी। अगर कोई शख्स बातें अधिक करता है तो वह यही चाहेगा कि कोई उसे पूरी तन्मयता से सुनें और इसलिए ले देकर एक मैं ही था जो उसकी उन ऊल-जुलूल बातों को झेल सकता था।

कभी-कभार तो ऐसा होता कि क्लास टीचर उसकी इन्हीं हरकतों की वजह से हम दोनों को ही क्लास से बाहर कर दिया करती थीं। उस समय मुझे बहुत शर्मिंदगी महसूस होती लेकिन अंकिता को इससे कोई फर्क ही नहीं पड़ता था। उसकी फुसफुसाहट वहाँ भी शुरू हो जाती और जब वो नहीं मानती तो मैं उस पर झुँझला देता।

इस बीच वह कुछ सेकेंड्स के लिए एकदम चुप हो जाती और अचानक ठहाका मार तेजी से हँस देती...

और फिर वह मेरी गंभीर और लटकी शक्ल देखती तो हँसी दबाने की पूरी कोशिश करती, और अंत में सॉरी बोल खुद भी गंभीर हो जाती....

***

फर्स्ट टर्म के एग्जाम हो चुके थे। इस बीच स्कूलों का मिड ब्रेक होता है लगभग एक हफ्ता यानी अब अंकिता और मैं एक हफ्ते तक नहीं मिल सकते थे।

"सुन! तेरा फोन नंबर बताना तो जरा, हम कभी-कभार फोन पर बातें कर लिया करेंगे",,,उसने एग्जाम के आखिरी दिन पूछा।

"हम्म, ठीक है!"...

उस दौरान मैंने उसे फोन नंबर तो दिया; लेकिन घर जाते समय रास्ते में बस यही ख्याल आ रहा था कि आखिर ऐसा भी क्या है कि वो एक हफ्ता मुझसे बात किए बगैर रह नहीं सकती। ऐसा नहीं था कि मुझे उसकी याद नहीं आएगी,,आखिर वहीं तो मेरी सबसे करीबी है- एक ऐसी दोस्त जिसने मुझे काफी कुछ सिखाया है।

बहरहाल, समय बीतता गया और छुट्टियाँ भी जब उसका शुरुआती तीन दिनों तक कोई कॉल नहीं आया तो मैं समझ गया कि अब कोई कॉल वॉल नहीं आने वाला है। लेकिन इस बीच मैंने उसके फोन का इंतजार बेसब्री से किया। खैर, जब छह दिन गुजर गए तो मेरी आशाएँ निराशा में बदल गई थीं। मैंने सोच लिया था कि परसो स्कूल जाकर उसे बहुत सुनाऊँगा... "पहले तो बहुत नंबर लेना था उसे और अब देखो पूरी छुट्टियां निकल गई और इनसे एक कॉल तक नहीं किया गया"...

उस वक्त मेरे मन में जो ख्यालात चल रहे थे। उनसे मैं अंदेशा लगाता कि कहीं ये मेरा एक तरफा प्यार तो नहीं है?

भले ही यह उम्र इन बातों का बोध नहीं कराती। लेकिन जब आप शाहरुख खान के जबरा फैन हों और टीवी पर आई उसकी एक भी फिल्म मिस नहीं करते तब ऐसे ख्यालों का आना भी लाजिमी भी हो जाता है।

यह संडे की दोपहर थी, मैं गहरी नींद में था कि अचानक फोन की टिर्न-टिर्न ने नींद में विघ्न डाली। मैं आँखों को मलते हुए उठा...

और फोन का रिसीवर उठाया,,,

"हैलो, हाँ जी कौन?",,,उस ओर से कोई प्रतिक्रिया नहीं।

मैनें एक बार फिर 'हैलो' कहा लेकिन फिर से कोई प्रतिक्रिया नहीं रिसीवर टूं-टूं बोलने लगा था,,,शायद फोन कट चुका था।

अभी बेड की ओर बढ़ा ही था कि...

तभी फिर से फोन बजा,,, पिक किया तो फिर कोई प्रतिक्रिया नहीं..

"किसका फोन है बेटा?",,,ताई जी ने मेरी ओर देखते कहा।

"पता नहीं ताई जी कोई बोल ही नहीं रहा, होगा कोई छोड़ो",,,मैंने मुस्कुराकर कहा, और फिर सोने चला गया।

दो घंटे बाद जब मैं सोकर उठा तो माँ ने बताया कि बार-बार किसी का फोन बज रहा था, लेकिन उठाती तो कोई बोलता ही नहीं...

ऐसा पहली बार हुआ था, लेकिन न जाने क्यों मैंने फिर भी उन कॉल्स पर कोई खास ध्यान नहीं दिया था...

स्कूल खुल चुके थे। जब मैं क्लास में पहुँचा तो वो आ चुकी थी। उसे देख ऐसा लग रहा था मानो किसी के इंतजार में है। हम दोनों ने सिर्फ एक-दूसरे को 'हैलो' कहा...

अक्सर किसी करीबी का मौन, हमें भी मौन कर देता है...

उसे देख ऐसा लग रहा था, जैसे वह मुझसे कुछ कहना चाहती हो...

मैं यह जानने के लिए परेशान था कि वो आखिर आज इतनी गुमसुम क्यों है। मैं बस जल्दी से पीरियड खत्म होने का इंतजार कर रहा था। मैंने कभी भी फर्स्ट साइट लव को महसूस नहीं किया था। जी, वही एक तरफा प्यार जिसमें आपके साथी को आपकी कोई खास फिक्र नहीं होती, लेकिन आप उस पर मर मिटने तक के लिए तैयार रहते हैं। लेकिन ऐसा जरा भी नहीं था कि उसे मेरी कोई फिक्र नहीं थी...

मुझे याद है पिछले महीने जब फ्रेंडशिप डे था...

वो मेरे लिए बहुत ही प्यारा गिफ्ट लेकर आई थी, और उसका यह सरप्राइज देख मैं अचानक चौंक गया था। परउसी दरमियां मुझे अफसोस भी हुए क्योंकि मै खाली हाथ था।

"सॉरी, मैं तुम्हारे लिए कुछ नहीं लाया मुझे नहीं पता था कि आज का दिन इतना खास है",,,मैंने शर्मिंदा होते हुए कहा।

मुझे उस दिन पहली बार महसूस हुआ कि मैंने उसे ठेस पहुँचाई थी,,लेकिन फिर भी उसने बहुत ही धीमी आवाज और फीकी मुस्कान

में सिर्फ यही कहा था- "कोई बात नहीं",,,

इसके अगले दिन जब मैं उसके लिए चॉकलेट लेकर गया तो वो खुशी से उछल पड़ी थी..

खैर, जैसे ही पीरियड खत्म हुआ मैंने तुरंत उससे पूछा।

"ओये तुम तो फोन करने वाली थी न,,क्या हुआ।"

"ओ सॉरी! मैं मामा के यहाँ गई थी कल ही वापस लौटी हूँ, जैसी ही लौटी तो तुरंत तुम्हें कॉल किया। लेकिन नेटवर्क की वजह से शायद मेरी आवाज तुम तक नहीं पहुँच पा रही थी। मैंने लगातार तुम्हें फोन किया पर किसी ने उठाया ही नहीं",,,उसने कुछ गंभीर होकर यह बात कही, ऐसा लगा रहा था मानो वह मुझसे कुछ छिपा रही है।

"ओ हाँ सॉरी! मैं सो गया था। लेकिन मैंने तुम्हारे फोन का कुछ दिन तक बड़े ही बेसब्री से इंतजार किया था।",,,मैं उत्साहित होकर बोला।

वह हल्की मुस्कुराई...और कहा.. "अच्छा!"

"हम्म",,,मैंने भी मुस्कुराते हुए गर्दन हिलाई।

"तुम्हें पता है रोहन! मैं मामा के यहाँ थी तो वो मुझे एनडीए की तैयारी करने की सलाह दे रहे थे। कहते हैं- गवर्नमेंट जॉब की तैयारी करूँ। लेकिन एक बार भी उन्होंने यह नहीं पूछा कि मैं क्या करना चाहती हूँ। मैं तुमसे हर बात शेयर करती हूँ, क्या तुमसे एक और बात कह सकती हूँ?",,,अबकी अंकिता ने बड़े ही गंभीर और मुस्कुराहट के साथ ये सवाल पूछा।

"हाँ, हाँ क्यों नहीं",,,मैंने उत्सुकता से कहा।

उसने कहा- "तुम्हें पता है मैं लंदन जाना चाहती हूँ।"

मैंने अचानक चौंक कर कहा- "क्यों?"

"क्योंकि मेरा सपना है लंदन जाने का, वहाँ के लाइफ स्टाइल को नजदीक से देखने का",,,उसने कुछ जोर देकर कहा।

"तो क्या तुम इंडिया छोड़ दोगी?",,,मैंने फिर पूछा।

"अरे! नहीं पागल कुछ सालों के लिए जैसे एनआरआई होते हैं। वहाँ जाकर पैसा कमाना है, और फिर एक समय बाद अपने ही देश आकर कोई एनजीओ खोल लेना है,,,ये मेरी लाइफ का एक छोटा सा

सिडयूल है जिसे मैं अपने अनुसार जीना चाहती हूँ।"

अंकिता लगातार बोले जा रही थी, और मैं उसकी बातों से अनजान बस यही सोच रहा था -कि ऐसा क्यों हो रहा है। मुझे न तो एनआरआई समझ आ रहा था, न एनडीए और न ही एनजीओ। उस वक्त बस मेरे जेहन में सवालात आ रहे थे। वे सवाल जो मैं उससे पूछना चाह रहा था कि-आखिर तुम जाना ही क्यों चाहती हो? यहाँ क्या नहीं है? क्या वाकई तुम मुझे छोड़कर जाना चाहती हो? क्या इतनी ही दोस्ती है हमारी। ऐसे ही न जाने कितने सवाल मेरे मन में कुंद रहे थे और जब मुझे लगा कि उसकी ज़िंदगी में यूँ ही दखल नहीं दे सकता तो एकाएक मैंने भी सोच लिया कि- अब मुझे भी लंदन जाने के लिए कुछ करना होगा।

पर क्या ये सब मेरे लिए आसान होगा?

जब आप किसी ओर के लिए, अपनी ज़िंदगी के महत्वपूर्ण निर्णय आनन-फानन में लेते हैं। तब असल में आप अपनी मूर्खता या बालपन का परिचय दे रहे होते हैं...

उस दिन मैं कुछ निराश था, मैं थोड़ा तनाव और चिंता में भी था- अरसे का साथी जब कभी दूर जाने की बात करता है तो मन उदास हो ही जाता है। इन सब के अलावा मन में एक सवाल और आ रहा था कि मैंने आज से पहले भविष्य को लेकर कोई राह सुनिश्चित क्यों नहीं की। जबकि अंकिता अपने वर्तमान और भविष्य दोनों के बारे में सोचकर चल रही है।

मैंने कभी लंदन जैसी जगह या दूसरे बाहरी देशों में सेटल होना तो क्या मैंने कभी वहाँ घूमने तक के बारे में नहीं सोचा। मेरे परिवार का बैकग्राउंड उस स्तर का नहीं था, जहाँ से सब कुछ आसानी से पाया जा सके। मेरे लिए सब कुछ- महज पढ़ाई, अच्छे मार्क्स और नौकरी ही था। जबकि अंकिता के ख्वाब और उसकी पारिवारिक स्थिति मेरी ज़िंदगी और मेरे परिवार से बेहद अलग थी।

मुझे ऊँचाइयों को छूने के लिए खुद ही सीढ़ियाँ बनानी थीं, कोई सपोर्ट नहीं कोई गाइडेंस नहीं। फिर इतनी मुश्किलों के बीच मैं कैसे लंदन या अमेरिका जैसे देशों के बारे में सोच सकता था!

खैर, अंकिता की लंदन जाने वाली बात ने मुझे आगे भविष्य के बारे में सोचने पर मजबूर कर दिया था। मुझे खुद को एक बेहतर कल के लिए तैयार करना था- मैं नहीं चाहता था कि आगे चलकर मुझे उससे बिछड़ना पड़े।

मैं अक्सर खुद से यह सवाल करता कि आखिर अंकिता के प्रति मेरा इतना लगाव क्यों है! कहीं मैं उससे प्यार तो नहीं करने लगा। पर लेकिन जैसे ही प्यार शब्द मेरे मन में आता तो मैं उस शब्द को एक आकार नहीं दे पाता था।

सिर्फ भावनाओं को महज प्यार शब्द से जोड़कर समझ पाना शायद इतना आसान नहीं होता...

***

यह उस समय की बात है जब हम मैट्रिक यानी दसवीं के लास्ट टर्म में थे। यह वह घड़ी थी जब हमें डिसाइड करना था कि हमें किस स्ट्रीम की ओर जाना है यानी कि हमें ग्यारहवीं में साइंस लेनी है, कॉमर्स लेनी है या आर्ट्स।

अंकिता एक सिविलाइज फैमिली से बिलोंग करती थी। उसकी फैमिली चाहती थी कि वह साइंस ले और आगे की तैयारी में जुट जाए। लेकिन वहीं दूसरी ओर मुझे कॉमर्स सब्जेक्ट लेने के लिए कहा जा रहा था। जाहिर है, ऐसा होता तो मैं अंकिता का साथ खो बैठता। इस बारे में मैंने दीदी से बात की तो उन्होंने कहा साइंस तेरे बस की नहीं है तेरी मैथ्स वैसे ही इतनी स्ट्रोंग नहीं है। लेकिन फिर भी उन्होंने मुझे यह कह बात टाल दी कि ठीक है अगर तेरे मैथ्स में मार्क्स ठीक आए तो ले लेना।

यह जून चल रहा था। भयानक गर्मियों के इन दिनों में दसवीं के रिजल्ट ने तपश और बढ़ा दी थी। उस दौरान दसवीं कक्षा की बोर्ड की परीक्षा निकाल लेना खुद में बड़ी बात हुआ करती थी। लगभग 30 प्रतिशत बच्चे फैल हो जाते थे। उस दौरान मैं साठ प्रतिशत नंबरों से पास हुआ- यानी फर्स्ट डिवीजन। फर्स्ट क्लास के बाद मुझे पहली बार अपने रिजल्ट देख खुशी हुई थी। अंकिता ने अस्सी प्रतिशत नंबरों से

दसवीं पास की थी। लेकिन इसके बाद हमें कुछ फैसले लेने थे ऐसे फैसले जो आने वाले समय में बेहद खासा महत्व रखते थे।

ये हमारी ज़िंदगी के अहम फैसले थे, जिसका निर्णय हमें बहुत ही सोच समझ कर करना था। मुझे साइंस लेनी थी ताकि मैं उसके साथ खुद की दोस्ती या रिश्ते को बरकरार रख सकूँ। लेकिन मेरे घरवाले इससे खुश नहीं थे उन्हें कॉमर्स में ज्यादा फ्यूचर सिक्योर नजर आ रहा था, खासतौर से पापा, ताऊ जी और दीदी को।

लेकिन किसी तरह दीदी मान गई और उन्होंने ताऊ जी और पापा को भी समझा दिया। और इस तरह मेरा एक और सफर अंकिता के साथ शुरू होने वाला था।

उस दौरान अंकिता और मैं बहुत खुश थे क्योंकि हम एक बार फिर साथ थे... बिल्कुल पहले की तरह।

अंकिता और मैं पहले की तुलना में और ज्यादा एक दूसरे को अहमियत देने लगे थे। हमारा मेल इतना मजबूत था कि अगर वो किसी लड़के से भी बात कर ले तो मुझे अच्छा नहीं लगता था। ठीक इसी तरह मैं किसी लड़की से बात कर लूँ तो वो भी नाराज हो मुझसे बोलती नहीं थी। लेकिन हम एक-दूसरे के इतने अभ्यस्त थे कि कभी दो घंटों से ज्यादा एक-दूसरे से नाराज़ रह ही नहीं पाते थे। जाने-अनजाने में ही सही लेकिन हम दोनों एक-दूसरे की भावनाओं की कदर किया करते थे।

प्रोजेक्ट्स हो या प्रेक्टिकल वो मेरा हमेशा साथ दिया करती थी और मैं भी उसकी हर तरह की मदद के लिए हमेशा तैयार रहता था। हमारे इसी संग साथ में स्कूल का यह साल भी धीरे-धीरे अवसान की ओर बढ़ने लगा था और देखते ही देखते कब में दो साल गुजर गए इसका वक्त ने आभास भी नहीं होने दिया।

***

देखते ही देखते स्कूल लाइफ खत्म हो चली थी; और हम फिर एक बार ज़िंदगी के उस महत्वपूर्ण मोड़ पर आ खड़े हुए, जहाँ से हमें सुनहरे भविष्य के लिए सही रास्ता चुनना था।

उसके मार्क्स मुझसे ज्यादा आए थे, लेकिन फिर भी मेरी मेहनत और काबिलियत के अनुसार मेरे भी मार्क्स ठीक थे।

अंकिता के पैरेंट्स ने उसे तुरंत एक अच्छे कॉलेज में दाखिला दिला दिया था। जबकि मेरे लिए अब सबसे बड़ा सवाल था-कि मुझे आगे क्या करना है और कैसे?

मैंने अपने घरवालों और दोस्तों से इस बारे में सलाह ली- अब क्या करें, क्योंकि एक ही कॉलेज में दाखिला लेना अब आसान नहीं था। ताऊ जी और दीदी ने फैसला खुद लेने के लिए कहा। उनका मानना था कि मुझे उस क्षेत्र की ओर बढ़ना चाहिए जहाँ से मैं अपने भविष्य को सुरक्षित कर सकूँ और जिसमें मुझे रुचि हो।

उस समय मेरे बाकी दोस्तों ने आईआईटी एंट्रेंस एग्जाम के लिए कोचिंग शुरू कर दी थी। मैं बखूबी जानता था कि पढ़ाई को जब तक प्राथमिकता नहीं दी जाएगी तब तक कुछ भी हासिल करना बिल्कुल आसान नहीं है। अतः पढ़ाई ही वो रास्ता है- जिसके जरिए अपनी सारी ख्वाहिशों, ख़ुशियों और अपने उद्देश्य को पूरा कर काबिल बना जा सकता है। और जहाँ तक बात अंकिता के साथ या उसे पाने की है तो यह भी तभी संभव है जब उसके जैसा बना जाए।

मैंने फैसला किया कि- अब मैं आईआईटी की कोचिंग ले एंट्रेंस एग्जाम क्लियर करूँगा। लेकिन मेरे लिए कोचिंग के पैसे जुटा पाना सबसे बड़ी चुनौती थी। मेरे परिवार के लिए एक बड़ी फीस का इंतजाम करना बिल्कुल भी आसान नहीं था। और यही कारण था कि मेरे लिए लक्ष्य को पाना इतना आसान नहीं था। मेरे पास समय बहुत कम था।

आखिर एक दिन मैंने ताऊ जी से आगे इंजीनियरिंग करने की बात कही। यह जान ताऊ जी को खुशी हुई क्योंकि पहली बार मैंने पढ़ाई से संबंधित कोई बड़ा फैसला खुद लिया था। हालांकि, जब मैंने ताऊ जी को कोचिंग एडमिशन की फीस के बारे में बताया तो वह थोड़ा सोच में पड़ गए। उस समय ताऊ जी ने यही कहा कि ठीक है तुम करो तैयारी, हम कुछ करते हैं। लेकिन उन्हें अकस्मात यूँ निराश होता देखा तो यकायक मुझे एक बार को अफसोस हुआ।

इसके एक हफ्ते तक मैंने ताऊ जी से कोई बात नहीं की थी। यहाँ तक मैं उनके सामने जाने से भी बचता था। क्योंकि वह अक्सर मुझे देख मेरी पढ़ाई के बारे में पूछते और इस समय मैं अपनी फैमिली की आर्थिक स्थिति से अवगत था। ताऊ जी को कहीं ऐसा न लगे कि मैं कोचिंग के बगैर तैयारी नहीं कर सकता इसलिए मैंने खुद से ही पढ़ाई करना शुरू कर दिया।

एक दिन जब मैं घर पहुँचा तो ताऊ जी बरामदे में कुर्सी डाले अखबार पढ़ रहे थे। मुझे देख उन्होंने अखबार बंद किया और पूछा..

"रोहन! तुम्हारी पढ़ाई कैसी चल रही है"...

"जी ठीक ताऊ जी",,,मैंने मुस्कुराते हुए कहा।

"और तुम्हारा एंट्रेंस एग्जाम कब है",...ताऊ जी ने फिर पूछा।

"वैसे तो अगले महीने है लेकिन मैं अगले साल एटेम्पट करूँगा। क्योंकि अभी कुछ तैयारी नहीं है"

"तो अब तक तो तुम्हें कोचिंग लेना शुरू कर देना चाहिए था, कहीं सीट्स फूल हो गई तो तब क्या करोगे?",,,वह बोले।

"जी, हाँ जल्द ही करूँगा",,,

"अच्छा, तो कर दो स्टार्ट",,,

मैं कुछ समझ नहीं पाया। लेकिन जब ताऊ जी ने मुस्कुराकर मेरी ओर देखा तो मैं समझ गया कि पैसों का इंतजाम हो चुका है। उस समय मैं खुशी से फूला नहीं समा रहा था। लेकिन बाद में उन्होंने मुझे बताया कि पैसों का इंतजाम पापा ने किया था। दरअसल, बारहवीं के रिजल्ट वाले दिन पापा से काफी देर तक बात हुई। उनका मानना था कि मैं वापस सुल्तानपुर ही आ जाऊँ और वहीं किसी कॉलेज से बी-कॉम करूँ। लेकिन जब मैंने उनसे इंजीनियरिंग की तैयारी करने की लिए कहा तो उन्होंने एक बार ताऊ जी सलाह लेने की बात कही...

जब मैंने ताऊ जी से कोचिंग की बात कही तो उसके अगले दिन ही ताऊ जी ने पापा से बात की थी। थोड़ा ताऊ जी ने अपनी ओर से सपोर्ट किया तो थोड़ा पापा ने। नतीजतन आज मेरी कोचिंग फीस का इंतजाम हो पाया था। शुरू से ही मेरी पढ़ाई लिखाई का खर्चा ताऊ जी ने ही उठाया था। लेकिन अब वह पैसे जुटा पाने में असमर्थ थे।

इसलिए उन्होंने पापा से मदद माँगी। पापा ने बिना किसी अवरोध या टालमटोल किए मेरे लिए पैसों का इंतजाम कर दिया था। हालांकि उनके लिए भी यह आसान नहीं था, उन्होंने ये कैसे किया था, मुझे आज तक इस बारे में पता नहीं चल पाया है। लेकिन उस दिन पहली बार मुझे यह आभास हुआ कि पेरेंट्स अपने बच्चों के भविष्य के खातिर कुछ भी कर सकते हैं...

यकीनन ताऊ जी का वह प्रेम भूले नहीं भुलाया जा सकता। उन्होंने मुझे खुद की बेटी से भी ज्यादा तरज़ीह दी थी।

आखिरकार, मैंने कोचिंग इंस्टीट्यूट में दाखिला लिया और फिर दिन-रात पढ़ाई करना शुरू कर दिया। मुझे हर हालत में आईआईटी का एंट्रेंस एग्जाम क्लियर करना था। इसी उत्साह के साथ मैंने पढ़ाई में कोई लापरवाही नहीं बरती...

मैं कोचिंग की कोई भी क्लास मिस नहीं किया करता था और मेरा ध्यान सिर्फ पढ़ाई पर ही रहता था। मैं कह सकता हूँ कि वह एक साल ऐसा था जिसमें मैंने सबसे ज्यादा पढ़ाई की थी। यहाँ तक कि मैंने दोस्तों से भी काफी दूरी बना ली थी और सबसे जरूरी मेरी अंकिता से भी बहुत कम बातें हुआ करती थीं। वह स्कूल की आखिरी मुलाकात के बाद तो मानो हमने एक-दूसरे से किनारा ही कर लिया था। वो कहते हैं न स्कूल की दोस्ती स्कूल तक और कॉलेज की दोस्ती कॉलेज तक। इसमें मुझे सच्चाई झलकने लगी थी। लेकिन कभी-कभार मैं इस सोच में पड़ जाता कि हम तो दोस्त से भी काफी बढ़कर थे,फिर ये दूरियाँ क्यों? लेकिन भविष्य की चिंता मुझे इस मुद्दे पर ज्यादा सोच-विचार करने ही नहीं दिया करती थी। जैसे-जैसे दिन गुजर रहे थे वैसे-वैसे एग्जाम की तारीख नजदीक आ रही थी। लेकिन इसके साथ ही मेरा डर और घबराहट भी बढ़ने लगी थी। मेरी मेहनत इस एग्जाम पर टिकी थी जो मेरे आगे के भविष्य का एक टर्निंग प्वाइंट था।

उस दिन जब मैंने एग्जाम दिया मैं खुश था। क्योंकि एग्जाम वाकई बहुत अच्छा गया था। मुझे उम्मीद थी कि मैं आसानी से आईआईटी में एडमिशन पा सकूँगा। उस दिन जब रिजल्ट आने वाला था मुझे सुबह से ही घबराहट हो रही थी। दोपहर लगभग 12 बजे

रिजल्ट अनाउंस हुआ। मैं साइबर कैफे 10 मिनट पहले ही पहुँच चुका था। साइट पर रोल नंबर डाला, नाम डाला और डेट ऑफ बर्थ भी। कुछ सेकंड्स तक कर्सर घूमता रहा तभी डिस्प्ले पर कुछ शो हुआ। पर्सनल डिटेल्स मेरी ही थीं और उसके सबसे नीचे नंबर लिखा था। अनुमानित वह रैंक थी, जिससे अंदेशा लगाया जा सकता था कि रिजल्ट- नॉट क्वालीफाई...रहा।

वह पल मेरे लिए बहुत उदास भरा था अब मेरी आखिरी उम्मीद भी ताश के पत्तों की तरह बिखर चुकी थी...

उस वक्त मैं बेहद तनाव की स्थिति में चला गया था। ठीक से खाना नहीं खाना, बाहर नहीं जाना, घरवालों से बात नहीं करना। मैं पूरी तरह आत्मविश्वास खो चला था और मैंने खुद के प्रति किसी नाक़ाबिल जैसी धारणा बना ली थी। एक दोपहर मैं सो रहा था, तभी मैंने अपने माथे पर किसी के हाथ का स्पर्श महसूस किया। मैंने आँखें खोलीं तो वह ताऊ जी थे। मैं आंखें मलते हुए उठा...

"जी, ताऊजी",,, मैंने भर्राती आवाज में कहा।

ताऊजी मेरे भाव समझ चुके थे। वह जानते थे कि एग्जाम क्वालीफाई न होने की वजह से मैं परेशान हूँ, उन्होंने बस मुझसे यही कहा देखो, तुम अपने जीवन के सृजनकर्ता हो, उसे बिगाड़ना और सँवारना दोनों तुम्हारे हाथ में है।

"तुम मुझे सबसे बढ़कर हो और तुम्हारी यह निराशा न केवल तुम्हें बल्कि मुझे भी निराश करती है। ज़िंदगी में अगर असफलता मिलती है तो इसका मतलब ये नहीं कि तुम केवल एक हार से अपने जीवन का मूल्यांकन कर बैठो, बचपन से लेकर आज तक हमेशा मैंने तुम्हारी आँखों के भीतर निहारा है। लेकिन कभी भी मैंने उनमें उस अफसोस या उस पश्चाताप को नहीं देखा जो आज दिख रहा है। मुझे खुशी है कि तुम खुद को लेकर गंभीर हुए और मुझे उम्मीद है कि तुम्हारी यही गंभीरता जल्द ही तुम्हें एक ऊँचे मुकाम पर पहुँचाएगी"...

ताऊ जी उठे और बाहर की ओर जाते हुए कहा- "आओ, थोड़ा बाहर घूम लो।"

वह बाहर जा चुके थे, लेकिन उनके विचारों ने मुझमें एक नई स्फूर्ति को जन्म दे दिया था। एक ऐसी स्फूर्ति जिसमें एक नया उत्साह और नई आभा थी। अब मैं अपनी भीतर एक सुकून को महसूस कर सकता था। मैं समझ चुका था कि मेरी यह असफलता ही मेरी सफलता की पहली सीढ़ी है...

मैंने उस दौरान यूपीटीयू के तहत एंट्रेंस एग्जाम देना का फैसला किया। मैंने फॉर्म डाला और एंट्रेंस की तैयारी शुरू कर दी। लेकिन अब इसे दुर्भाग्य कहा जाए या मेरी मंदबुद्धि का सबब, मैं यहाँ भी बेहतर नहीं कर सका और मेरी रैंक अभी भी इतनी नहीं आ पाई कि मैं सरकारी कॉलेज में एडमिशन पा सकूँ। पर अब ठान लिया था कि करना इंजीनियरिंग ही है। मैंने उसी यूनिवर्सिटी से एफिलिएटेड आगरा के एक कॉलेज (आनंद इंजीनियरिंग कॉलेज एंड इंस्टीट्यूट ऑफ मैनेजमेंट) में एडमिशन ले लिया। देखें तो यहाँ एडमिशन लेने की भी दो वजहें थीं। अव्वल कि इस कैंपस की फीस अन्य कॉलेजों की तुलना में कुछ कम थी। दूसरा, कि कॉलेज प्लेसमेंट देने और पढ़ाई लिखाई को लेकर काफी मशहूर था। अक्सर वहाँ से पढ़े हुए स्टूडेंट भी यही कहा करते थे कि नौकरी तो हर स्टूडेंट को मिल जाती है। मेरे सामने जीते जागते उदाहरण थे फिर भला मैं क्यों एडमिशन लेने में कोई संकोच करता। और सबसे ज़रूरी मेरे पास अब विकल्प भी कोई नहीं था।

लंदन जाने के ख्वाब से मैं उठ चुका था और समझ चुका था वास्तविक जीवन सपनों से काफी अलग होता है। और वैसे भी जब इंसान लगातार हारता महसूस करता है तो वह हालात से समझौता करना शुरू कर ही देता है। अब इसे मेरी इंजीनियरिंग करने की जिद कहा जाए या मेरा आंनद कॉलेज के साथ समझौता। लेकिन मैंने जो किया वह इसलिए किया क्योंकि अब मैं पीछे नहीं हटना चाह रहा था। अब मुझे महज एक प्लेटफार्म की जरूरत थी;जहाँ से मैं आगे बढ़ सकूँ।

7
कॉलेज कैंटीन, सेकंड ईयर

कॉलेज कैंटीन, सेकंड ईयर

साल - 2006, आगरा शहर - उत्तर प्रदेश

किन्हीं ख्यालों में था कि अचानक मुझे किसी ने टोका...

"भैया चाय"....

मैंने देखा तो श्याम चाय का प्याला लेकर मेरी दूसरी ओर खड़ा था।

मैंने उससे कप लेते हुए पूछा-"और श्याम कैसा है भाई, बहुत दिनों बाद दिखा कहाँ था?"

"भैया वो एग्जाम चल रहे हैं न इसलिए ऐसा ही आना हो पा रहा है आज कल"...श्याम चाप का कप रखते हुए बोला।

"एग्जाम कैसे एग्जाम!",,,मैंने आश्चर्य से पूछा।

"भैया दसवीं के, ओपन से पढ़ाई कर रहा हूँ न",,, श्याम ने मुस्कुराकर कहा और आगे बढ़ गया।

मैं उसे अपलक यूँ ही निहारता रहा। आज श्याम में मुझे राजन की छवि नजर आ रही थी। एक ऐसा लड़का जो श्याम की ही तरह मेहनती और होशियार था।

राजन और मैं एक-दूसरे को भली प्रकार जानते थे। लेकिन हम दोनों में बातचीत तब शुरू हुई जब मैंने उससे पढ़ाई को लेकर हैल्प माँगना शुरू किया। उस दौरान मैं आठवीं क्लास में रहा होऊँगा और राजन नौवीं क्लास में। वह अपने स्कूल का सबसे होनार स्टूडेंट था।

शांत स्वभाव, नीरस आँखें और उसका वह मासूम भरे चेहरे पर उभरते मूँछों के रुए न केवल उसकी सादगी को बयां करते थे बल्कि उसके छिपे अवसाद के भी द्योतक थे। उसे एक ऐसे दोस्त की जरूरत थी जो भले ही उसकी परेशानियों का समाधान न करे पर उन्हें सुने जरूर। और ये सभी गुण वह मुझमें देखता था...

इंसान जब अवसाद और परेशानियों के चंगुल में जकड़ा होता है तो उसे एक ऐसे ही साथी की जरूरत होती है। वह दोस्त जो श्रोता के रूप में उसे सुने और अंत में सुझाव स्वरूप फीडबैक दे। किसी से परेशानी का बखान कर देने से निस्सन्देह परेशानी खत्म नहीं होती। लेकिन एक सुकून जरूर मिल जाता है। एक हिम्मत मिल जाती है उन समस्याओं, उन परेशानियों से लड़ने की जिनसे वह हारता आ रहा था।

राजन की आर्थिक दशा बेहद खराब थी। लेकिन वह बेहद होशियार, मेधावी ओर मेहनती बच्चों में गिना जाता था। उसकी संघर्ष की कहानी भी बहुत ही प्रेरक भरी है। वह तब 7 साल का रहा होगा जब उसकी माँ चल बसी थी। पिता दिहाड़ी पर मजदूरी किया करते थे। राजन नहीं चाहता था कि अब कोई दूसरा उनके परिवार से जुड़े। लेकिन उसके लाख मना करने के बावजूद भी पिता ने दूसरी शादी कर ली। नई माँ में सौतेलेपन का कोई लक्षण नहीं था। वह बहुत ही भोली और सादे स्वभाव की थी । खैर, सब कुछ इसी तरह चलता रहा। लेकिन इसके कुछ साल बाद ही पिता की भी एक हादसे में मौत हो गई। उसके बाद घर में तीन ही सदस्य रह गए थे, राजन उसकी सौतेली माँ और उसका छोटा भाई प्रभु। राजन का अपनी सौतेली माँ से ज्यादा लगाव नहीं था। लेकिन उस माँ का व्यवहार सौतेला जैसा कतई नहीं था। वह दोनों को अपनी निजी संतान जैसा ही प्यार करती थी। यहाँ तक कि राजन और प्रभु दोनों की परवरिश के लिए वह घर-घर जाकर काम किया करतीं। वह नहीं चाहती थीं कि राजन और प्रभु को कभी किसी चीज की कमी खले। आखिर उनके अलावा उसका था भी कौन। और इसी ममत्व और दुलार का नतीजा यह रहा कि राजन ने कभी भी अपनी सौतेली माँ को सौतेला नहीं बनने दिया था। वह

जब छठी कक्षा में रहा होगा जब उसने जिले में अव्वल स्थान पाया। उस समय छठी कक्षा में भी टॉप करना- दसवीं में टॉप करने के समान ही होता था। इतना कि अखबारों में तुम्हारी तस्वीर निकलना शुरू हो जाती और गली के हर नुक्कड़ पर सिर्फ टॉपर की होशियारी के ही चर्चे होते। इस बीच उसने माँ का हाथ बंटाने और आर्थिक स्थिति को कुछ हद तक दुरुस्त करने के लिए छोटी कक्षाओं के बच्चों को ट्यूशन पढ़ाना भी शुरू कर दिया था।

उसने बहुत ही अभावों में अपने दिन व्यतीत किए थे। लेकिन अपने सपनों को पूरा करने की जो दृढ़ता उसमें थी वो आज भी सराहनीय है। आज श्याम को देखा तो इसके अंदर भी मुझे वही काबिलियत और जुनूनियत दिखी...

राजन ने खुद के बूते ही अपनी स्कूली शिक्षा पूरी की थी। आगे वह बीटेक करना चाहता था और इसके लिए भी उसने पर्याप्त पैसे बचा लिए थे।

जब वह बीटेक कर रहा था तो उसे कई बड़ी चुनौतियों का सामना करना पड़ा। उसके लिए घर से बाहर रहकर अपने दम पर पढ़ाई पूरी करना कोई आसान बात नहीं थी। क्योंकि बीटेक के अलावा उसे भाई की पढ़ाई और घर की जिम्मेदारियों को भी बखूबी निभाना था। लेकिन कहते हैं न यदि आपके पास एक विज़न है, तो आपको उस तक पहुँचाने में कोई बाधक नहीं बन सकता। उसने बीटेक के दौरान ही अपने क्लासमेट्स और जुनियर्स को पढ़ाना शुरू कर दिया था।

बीटेक पूरी करने के बाद वह वापस कानपुर आया और आते ही अपने पढ़ाने के जुनून को फिर जारी रखा। उसने दसवीं से लेकर कॉम्पिटिटिव एग्जाम की तैयारी कर रहे बच्चों को एक बार फिर से ट्यूशन पढ़ाना शुरू किया। शुरू में यह थोड़ा अजीब लगा कि इंजीनियरिंग कर चुका एक होनहार स्टूडेंट ये सब क्यों कर रहा है। जबकि वह किसी बड़ी कंपनी में एक अच्छी नौकरी आसानी से पा सकता है। लेकिन इसके पीछे के कारण को भी राजन ही जानता था। महज छह महीनों के भीतर ही राजन तकरीबन पचास बच्चों को ट्यूशन देने लगा था। दरअसल, उस समय जितने भी दसवीं और

बारहवीं के बच्चों को राजन ने पढ़ाया था उनमें एक भी बच्चा ऐसा नहीं था जो फेल हुआ हो। और यह उस समय की बात है जब इन कक्षाओं के परिणाम बेहद नकारात्मक आया करते थे।

उन दिनों अखबारों में सुसाइड करने वाले बच्चों की खबरें आम हो जाया करती थीं...

जब दो साल गुजरे तो राजन का कोचिंग सेंटर कानपुर के टॉप थ्री इंस्टीट्यूटों में शामिल था। इतने कम समय में यह उपलब्धि और सम्मान बहुत ही हैरत भरा था। लेकिन अभी उसकी उड़ान कहाँ ठहरने वाली थी...

कुछ साल पढ़ाने के बाद उसने जीवन में आगे बढ़ने और पढ़ाई के लिए अमेरिका जाने की ठानी। हालांकि, वह टीचिंग के क्षेत्र में भी बेहतर कर सकता था, लेकिन उसे आगे बढ़ना था या यूँ कहे उसका उद्देश्य केवल पढ़ना ही था। आखिरकार उसकी मेहनत रंग लाई और वह अमेरिका जाने में सफल रहा। आज वह अमेरिका की एक एमएनसी कंपनी में बड़े पद कार्यरत है।

वो मेरे जीवन के कुछ अद्भुत और प्रेरणादायक पल थे। मैंने ये संघर्ष भरे गुण राजन से सीखे थे जिन्हें मैंने अपने जीवन में उतारा और उन पर अमल किया।

राजन को ऊँचा उठता देख मुझे बहुत खुशी होती थी। इस बीच मैं उन पलों को भी याद करता, जब राजन अपनी ज़िंदगी के हर किस्से को मुझसे साझा किया करता था। वह अपनी आजीविका से जुड़ी हुई सभी बातों को घंटों मुझसे बताता रहता था। मुझे याद है- जब एक शाम हम दोनों छत पर खड़े थे और तभी अचानक बातों ही बातों में उसने एक ऐसी बात कही जिससे मेरे रोंगटे खड़े हो गए थे।

उसने कहा-

"मैं यहाँ से कूदना चाहता हूँ,..

मैं अपनी ज़िंदगी में दबाव और तनाव सह नहीं पा रहा हूँ"...

उस वक्त मैंने उसे बहुत समझाया था। लेकिन सच कहूँ तो उसके जीवन की कठिनाइयाँ वाकई सीमा लांघ चुकी थी।

आज जब कभी ये बीती बातें सोचता हूँ तो बस यही ख्याल आता है कि- जीवन में सब कुछ करना आसान है अगर आप कुछ ठान हार न माने और उस मुकाम पर पहुँचने के लिए 'एक नौसिखिया' बन आगे बढ़ते रहें- जैसा राजन ने किया था।

8

हॉस्टल से शहर की ओर रवानगी

हॉस्टल से शहर की ओर रवानगी

साल - 2006, आगरा शहर - उत्तर प्रदेश

सीनियर्स की एक लंबी चौड़ी स्पीच के बाद मैं हॉस्टल के भीतरी माहौल में खुद को घुटता महसूस करने लगा था।

हॉस्टल के शोरगुल माहौल से मुझे दूर जाना था। एक ऐसी जगह जहाँ मैं खुलकर खुद को एक्सप्लोर कर सकूँ। मैं रूममेट्स और बाकी दोस्तों के साथ मजे बाजी में नहीं घुलना चाहता था जिनके लिए स्मोकिंग, ड्रिंकिंग और पार्टियाँ करना आम बात थी। वह मान कर चलते थे कि महज डिग्री, नौकरी और सेटलमेंट तक ही जीवन सीमित है। उनका यह रवैया साफ तौर से उनकी बेफिक्री और नजरअंदाजगी को बयां कर रहा था। मैं समझ गया था कि अब खुद को अगर ऊँची उड़ान देनी है तो उसके लिए माहौल बदलना होगा, फ्री माइंड रहना होगा और सबसे जरूरी गलत आदतों से बचना होगा।

अगर मैं यहाँ यूँ ही रहता रहा तो संभव था मैं भी जल्द ही इसी माहौल में घुल जाऊँ! इसलिए सेकंड सेमेस्टर के एग्जाम जैसे ही खत्म हुए मैंने हॉस्टल छोड़ने का निश्चय कर लिया था।

शहर का वह कमरा जहाँ मैंने रहने का फैसला किया वह बहुत ही बढ़िया और एक अच्छी लोकेशन पर था। वहाँ के माहौल में एक अलग

ही सकारात्मकता और शांति थी। मैंने वहाँ रहना शुरू तो किया लेकिन एक समस्या यह थी कि उस कमरे का किराया ग्यारह सौ रुपये था। इसके लिए मैंने अपने खर्चों में कटौती करना शुरू किया।

मेरा यहाँ से एक नया अध्याय शुरू हो चुका था। जहाँ मुझे अकेले शहर में रहकर जीवन के अनुभवों को बटोरना था...

उस दौरान जैसे सब बदल ही गया था। मेरे पास पर्याप्त समय रहता, मैं पढ़ाई भी कर लेता और बचे समय में आराम भी। मैं भले ही शुरू से एक इंग्लिश मीडियम स्कूल में पढ़ा था। बावजूद इसके मेरी इंग्लिश निल बट्टे सन्नाटा थी। मुझे इस बात का भान हमेशा रहा करता था कि आज के समय में इंग्लिश बहुत जरूरी है और यही कारण रहा कि मैं इंग्लिश सीखने में जरा भी ढील नहीं देना चाहता था, इसलिए कोचिंग के अलावा मैं अधिकतर समय उन सफल ऑथर्स को भी पढ़ता जिन्होंने अपने जीवन के संघर्ष को आधार बना कर किताबें लिखी थीं। जो न आज केवल ऑथर हैं बल्कि बड़ी कंपनियों के निर्माता भी रहे हैं और इन्हीं निर्माताओं एवं अध्यक्षों के संघर्ष की कहानी पढ़ने के बाद समझ आया कि बिना मेहनत और प्रयास के जीवन में कुछ भी हासिल नहीं किया जा सकता है। आज न ये लोग अच्छे मुकाम पर हैं बल्कि सेकंडों लोगों के रोजगार का आसरा भी बने हुए हैं। उनकी प्रसिद्धि का मूल कारण इनकी कामयाबी है जो उन्होंने संघर्ष कर हासिल की है, और उनका यह संघर्ष तक भी जारी है।

इन्हें पढ़ने के दौरान मैं यह बात समझ चुका था कि अगर खुद को भीतर से मज़बूत बनाना है तो जीवन की जटिलताओं और असफलताओं में डटकर खड़े रहना सीखना होगा...

***

एक रोज कॉलेज से आते समय मैंने ऑटो में कुछ स्टूडेंट्स को एमएलएम के बारे में बात करते सुना। मल्टीलेवल मार्केटिंग या रेफरल स्कीम। अगर आप भी इस समय कॉलेज स्टूडेंट हैं तो आपने जरूर एमएलएम के बारे में सुना होगा। प्रोडक्ट सेलिंग, ऑनलाइन कंप्यूटर कोर्सेज, मेडिसिन्स, सॉफ्टवेयर सर्विसेज आदि-

ये सब एमएलएम की मुख्य सेवाएँ होती हैं। एमएलएम में आप ये सब कर आसानी से पैसा कमा सकते हैं। करना क्या होता है?... आपको लोगों को प्रोडक्ट या तो सेल करने होंगे या फिर लोगों को उस मार्केटिंग कंपनी से जोड़ना होगा। जब आप जोड़ते हैं तो इसका कुछ पर्सेंट कमीशन आपको मिलता है और इसी तरह जितने लोगों को आप जोड़गे या वे लोग किन्हीं अन्यों को जोड़गे तो सुचारू रूप से उसका कमीशन भी आप तक पहुँचता रहेगा। यह चैन सिस्टम आज के समय में भले ही अपनी विश्वसनीयता खो बैठा है। लेकिन इसके कुछ सकारात्मक प्रभावों को देखे तो इससे न केवल स्टूडेंट महज पैसा कमा पाता है बल्कि उसका कॉन्फिडेंस लेवल भी काफी हद तक बढ़ जाता है। कहना गलत नहीं होगा कि पर्सनालिटी डेवलपमेंट में एमएलएम की एक बड़ी भूमिका होती है।

मैं उनकी बातें बड़े गौर से सुन रहा था और एमएलएम के बारे में पूछने के लिए उत्साहित हो ही रहा था कि तभी उनमें से एक ने मुझसे मुस्कुराते हुए कहा...

"आर यू इंटरेस्टेड?".

मैंने उस वक्त कुछ जवाब नहीं दिया बस यही कहा- "हाँ, समझना तो चाह रहा हूँ काफी देर से पर समझ नहीं पा रहा हूँ।"

ये सुन वे हँसने लगे...

उनमें शामिल एक भैया थे जो काफी मैच्योर और सीनियर लग रहे थे। उनका नाम प्रफुल्ल था।

उन भैया ने मुझे विस्तार से मार्केटिंग और चैन सिस्टम के बारे में बताया और शामिल होने के लिए कहा।

मुझे अभी बाहर रूम लिए एक महीना ही हुआ था। मेरे लिए यह जरूरी था कि मैं कोई ऐसा पार्ट टाइम जॉब भी देख लूँ जिससे मेरा शहर का खर्चा भी निकल जाए।

उन भैया ने मुझसे एक बहुत ही बढ़िया बात कही थी कि-*सक्सेस का सबसे पहला कदम निर्भर होना होता है, अगर आप वास्तव में सफल होना ही चाहते हैं तो जरूरी है सबसे पहले आप खुद पर निर्भर होना सीखें।*

लगभग बारह प्रेरक किताबें पढ़ने के बाद और प्रफुल्ल भैया कि ये सब बातें सुनने के बाद मैं कुछ-कुछ समझ पा रहा था। पता है राजन जब बी टेक कर कानपुर वापस आया तो उसके माथे पर टेंशन की कोई शिकन क्यों नहीं थी। क्योंकि वह शुरू से ही स्वावलंबी था। वह शुरू से ही खुद पर निर्भर रहा था। और उसके इसी अनुभव ने उसके भीतर एक ऐसा विश्वास जगा दिया कि वह जान चुका था-कि उसकी सफलता में अब कोई बाधक नही बन सकता। बचपन से ही उसने विवशता और जिम्मेदारियों को बेहद करीब से देखा था। उसके पास अपने हालात से लड़ने के अलावा कोई और विकल्प नहीं था। महज छठीं कक्षा में अपनी से छोटी क्लास के बच्चों को पढ़ाने वाला बच्चा कैसे असफल हो सकता है और अगर वो भी सफल नहीं हो सकता तो जीवन में कोई सफल नहीं हो सकता।

इसी तरह प्रफुल्ल भैया से कुछ दिनों तक एमएलएम के बारे में और बातें जानता रहा और जब लगा कि एमएलएम ज्वाइन कर लेना बेहतर है तब मैंने भी वह कंपनी जिसका नाम-अजंता था, उससे जुड़ चुका था।

लगभग दो महीने गुजर चुके थे लेकिन इस दरमियां मैं किसी को भी ज्वाइंन नहीं करा पाया था। मैं दोस्तों से बात करता तो वो इसमें कोई इंटरेस्ट नहीं लेते और नजरअंदाज कर देते। कोचिंग की फीस, रूम रेंट पेंडिंग था। और इन सब से निपटने के लिए मैंने एक काम और ज्वाइन किया और वह था-बजाज इंश्योरेंस। आप कुछ भी खरीदें लेकिन इंश्योरेंस बजाज से कराएं, इसके अलावा इसकी कुछ पॉलिसी बेचने का काम भी मैंने शुरू कर दिया था। मेरे लिए भले ही शुरू के दो महीने कठिन भरे रहे हों लेकिन इसके तीसरे महीने मैंने कोचिंग की फीस से लेकर रूम रेंट खुद अपने पैसों से दिया। मेरी यह कमाई और निर्भरता देख दोस्त दंग रह गए उन्हें लगा कि मैं अजंता से अच्छी कमाई कर रहा हूँ और आखिरकार उन्होंने भी अजंता ज्वाइन कर ली। लगभग तीन दोस्तों ने एक साथ ज्वाइगि की तो हमारी एक टीम बन गई और देखते ही देखते यह टीम इतना आगे बढ़ गई कि मेरे शहर का खर्च आसानी से चलने लगा था।

इन सब से अलग मैं कॉलेज पढ़ाई और कॉलेज में आयोजित होने वाले कार्यक्रमों पर भी ध्यान देता। ये इवेंट्स तिमाही में होते। कोई न कोई ब्रांच कुछ न कुछ आयोजित कराती ही रहती जैसे कभी कोई पढ़ाई से जुड़ा बड़ा सेमिनार या फिर वर्चुअल गेम और ग्राफिक्स से जुड़ी वर्कशॉप इत्यादि। अधिकतर इन सेमिनारों में अपने कॉलेज से अलग बाहरी कॉलेज के स्टूडेंट्स भी पार्टिसिपेट किया करते थे।

कैंपनिंग का अधिकतर काम में ही संभालता था और यही कारण था कि मैं इवेंट मैनेजमेंट की कोर टीम का हिस्सा बन गया था। यही नहीं इवेंट में स्पांसरशिप भी अधिकतर मैं ही लेकर आता था। इससे मैंने कॉलेज में एक अच्छी खासी पहचान हासिल कर ली थी। इवेंट मैनेजमेंट में मेरी मेहनत और लगन से सभी खुश रहा करते थे और उनके आगे मेरी इस तरह की निखरती छवि मुझे आभास कराती की मैं सही राह पर हूँ।

अगले कई महीनों तक मैंने इसी तरह काम किया। इवेंट, एमएलएम, बजाज, और फिर कॉलेज की पढ़ाई चारों को साथ लेकर चलना मुश्किल तो था लेकिन फिर भी मैं किसी तरह मैनेज कर पा रहा था।

***

मैं उस वक्त दोस्तों के साथ कॉमन रूम में बैठा था जब मैंने टीम के एक मेंबर से वेबसाइट के बारे में सुना। दरअसल, वह आने वाले इवेंट्स की एक सूची तैयार कर रहे थे जिसे वो वेबसाइट पर अपलोड करने वाले थे। ताकि दूर-दराज के कॉलेजों से आने वाले स्टूडेंट्स वेबसाइट पर ही पूरे शेड्यूल को जान सके। मुझे लगता था कि वेबसाइट का इस्तेमाल कुछ जरूरी कामों के लिए किया जाता होगा। अव्वल तो इसे बनाना बहुत कठिन है और दूसरा कारण इंटरनेट स्पीड और तीसरा सबसे जरूरी साधन। मसलन कंप्यूटर, लैपटॉप या मोबाइल फोन। लेकिन आज जब इवेंट मेंबर से वेबसाइट के बारे में सुना तो इसके बारे में जानने की ललक पैदा हुई।

मैं तुरंत उस मेंबर के पास पहुँचा..

“हैलो...हिमांशु भाई कैसे हो”,,,मैंने मुस्कुराते हुए पूछा।

“अरे रोहन ,,बढ़िया हूँ भाई तू बता कैसा है,,दिखा नहीं बहुत दिनों से,,,”

“हाँ भैया, बस वो ही सब पढ़ाई लिखाई में ध्यान है थोड़ा।”

कुछ बातें कर मैंने अपने मतलब की बात पूछी..

“भैया ये वेबसाइट का क्या चक्कर है..?”

“कुछ नहीं यार अभी एक वेबसाइट बनाई है ताकि हम लोग इवेंट से रिलेटेड कुछ भी अपडेट वेबसाइट पर डाल सके। इससे दूर-दराज के स्टूडेंट्स आसानी से आने वाले इवेंट्स का शिड्यूल जान पाएंगे”,,,सीनियर ने समझाते हुए कहा।

“लेकिन स्टूडेंट्स देखेंगे कैसे उनके पास लैपटाप या इंटरनेट की व्यवस्था होगी?”,,,मैंने गंभीरता से पूछा।

“देखो, लोग अपना रिजल्ट भी तो किसी तरह देखते हैं न इंटरनेट से। वैसा ही हमारा रहेगा, फालतू कंफ्यूज होने से अच्छा है कि वो एक बार किसी साइबर कैफे या कॉलेज लैब में जाकर हमारे शिड्यूल प्रिंट करवा लें। ये सुविधा उन्हें बैठे बिठाए मिल रही है तो फिर दिक्कत ही क्या होगी”,,,उन्होंने सवाल का जवाब देते कहा।

“और वैसे भी आज के समय अधिकतर बच्चों के पास ये सब होता ही है, और यहाँ तो वैसे भी सब इंजीनियर हैं। वेबसाइट का एक बड़ा फायदा ये होगा कि इससे स्टूडेंट्स को यहाँ आने की जरूरत ही नहीं। हमारा समय भी बचेगा और उनका भी। वे आसानी से ऑन-लाइन रजिस्ट्रेशन करवा सकेंगे”,,,वह बोले।

“अच्छा! चल बाद में बात करते हैं फिलहाल थोड़ा काम है”,,,सीनियर ने कॉमन रूम से बाहर जाते हुए कहा।

यह सुन मैं इतना तो समझ गया था कि इंटरनेट का कालक्रम बदल रहा है। लोग अब तेजी से आधुनिक हो रहे हैं। वेबसाइट के जरिए काफी काम आसान किए जा सकते हैं। वाकई ये सब रोचक था। लेकिन मुश्किल भी, क्योंकि प्रोग्रामिंग लैंग्वेज सीखना बहुत ही पेचीदा और मुश्किल भरा काम होता है। अक्सर क्लास के दौरान भी मैं इस सब्जेक्ट पर कोई खास ध्यान नहीं दिया करता था। लेकिन

आज जब मैंने सीनियर द्वारा ये सब बातें सुनी तो पहली बार मेरे भीतर एचटीएमएल सीखने और वेबसाइट बनाने की ख्वाहिश पैदा हुई।

आज वेबसाइट बनाना जितना आसान है, उस वक्त उतना ही मुश्किल था। उन दिनों वेबसाइट बनाने के लिए कंप्यूटर भाषा जैसे जावा या एचटीएमएल की जानकारी होना जरूरी होता था। यह एक ऐसी भाषा है जिसे प्रोग्रामिंग लैंग्वेज कहा जाता है। वो प्रोग्रामिंग लैंग्वेज जिसके तार इंटरनेट के संग बंधे हुए होते हैं।

यह सब जान मैं खुद के भीतर एक नई ऊर्जा महसूस कर रहा था। मेरे दिमाग में रह-रह एचटीएमएल ही घूम रहा था। और मेरी यही जुनूनियत आगे चलकर बहुत काम आई।

मैं उसी दिन यही सब सोचते हुए लाइब्रेरी के टेक्नोलॉजी सेक्शन में दाखिल हुआ। और एचटीएमएल से जुड़ी किताबों को देखने लगा। तभी मेरी नजर एक ऐसी किताब पर पड़ी जिस पर'एचटीएमएल-बेसिक टू एडवांस' लिखा था। मैंने वो किताब इश्यू करवाई और अपने रूम पर आकर उसे बड़ी ही तल्लीनता से पढ़ना शुरू कर दिया।

लेकिन मैंने कहा न यह ज्ञान बिना कंप्यूटर प्रैक्टिस के बेकार है। हालांकि, किताब के माध्यम से काफी चीजें समझी जा सकती थी। मगर प्रैक्टिस के लिए कंप्यूटर जरूरी था,

और अब यह कंप्यूटर मेरे लिए एक बड़ी समस्या बन चली थी।

मैं खुद पर निर्भर था। पिछले एक साल से मैंने घर से एक भी रुपया नहीं मँगवाया था। क्वोट्स डिजाइनिंग के लिए मैंने अब तक शिवम के पीसी से काम चलाया था। लेकिन अब एचटीएमएल सीखना था और उसके लिए मुझे एक सिस्टम की सख्त जरूरत थी। लेकिन समस्या थी कि मेरे पास पर्याप्त रुपये नहीं थे...

और इसी कारण मैं कुछ-कुछ परेशान रहता..

मेरी यही निराशा भापते हुए एक दिन शिवम मेरे पास आया और कंधे पर थपथपाकर कहा..

"और भाई एचटीएमएल क्या हाल तेरे, कैसा चल रहा है एचटीएमएल।"

हालांकि ये उसने मजाकिया अंदाज में कहा, लेकिन फिर भी मुझे ऐसा लगा जैसे वो मुझ पर तंज कस रहा है।

“कुछ नहीं यार, किताब पढ़ रहे हैं, समझ भी आ रही है। लेकिन प्रैक्टिस के लिए एक कंप्यूटर की जरूरत है उसी का इंतजाम करने में लगा हूँ”...

“यार, तू न बहुत भोले किस्म का लड़का है, कोई भी काम करने की ठानता है तो उसे पूरा करने में अड़ जाता है और संसाधन तेरे पास होते नहीं”,,,शिवम ने हँसते हुए कहा।

चल हो जाएगा इंतजाम,टेंशन न ले,..

उसने इतना कहा और चल दिया।

और मेरे दिमाग में अभी भी बस यही घूम रहा था, कि काश! पैसे होते तो मैं एक कंप्यूटर खरीद लेता...

तभी मेरे दिमाग में बीएम कंप्यूटर्स का ख्याल आया वो कंपनी जिसे मैंने चुटकियों में प्रभावित कर लिया था। इवेंट्स के दौरान उसके ओनर से मेरी अच्छी-खासी जान पहचान हो गई थी।

मैंने सोचा क्यों न उनसे जाकर बात करूँ। हालांकि, पैसों की अभी भी भारी कमी थी। लेकिन फिर भी मैंने एक बार बात कर लेना उचित ही समझा...

मैंने वहाँ उसी दिन जाने का निश्चय किया...

“हैलो, भैया कैसे हो”,,,मैंने मुस्कुराते हुए कहा।

ओनर ने तुरंत मेरी ओर देख मेरा इस्तकबाल किया।

“अरे! रोहन जी आप। आइये कैसे आना हुआ।”

ठीक! हैं आप बताएं”,,,उन्होंने हाथ बढ़ाकर कहा।

“जी मैं भी ठीक, असल में मुझे एक पर्सनज यूज के लिए कम्प्यूटर चाहिए था।”,,,मैंने सीधा मुद्दे की बात करते हुए कहा।

“अरे भाई साहब क्या बात कर रहे हैं आप...जो लेना है ले जाइये बताएं क्या कॉन्फ़िगरेशन चाहिए?”,,,उन्होंने एक बिजनेसमैन की तरह मीठे अंदाज में कहा।

“भैया मुझे बस प्रोग्रामिंग करनी है, कॉन्फ़िगरेशन का इतना आइडिया नहीं है”,,,मैंने अनजान स्वर में कहा।

“अच्छा! तो कितने बजट में रखना चाहेंगे आप?”,,,

“देखिए, मुझे एक्चुअली इंस्टॉलमेंट पर चाहिए, मेरा पास फिलहाल पाँच हजार है,..अभी कॉलेज खत्म होने में लगभग एक साल बाकी है तो उस दरमियां में आपको बाकी पैसे दे पाऊँगा”,,मैंने असहजता से कहा।

“वैसे भैया, अब तो मैं इस स्थिति में हूँ कि न मैं आपको हाँ कर सकता और न ही ना, लेकिन आपको निराश भी नहीं करना चाहता। ठीक है जैसे आपको सही लगे कर लें बाकि मैं आपको एएमडी प्रोसेसर के साथ सिस्टम असेम्बल करवा देता हूँ। आपके लिए सस्ता भी रहेगा और चलेगा भी एकदम बढ़िया”,,,उन्होंने रसीद देते हुए कहा।

कुछ ही देर में मेरा कंप्यूटर कंफिगर होना शुरू हो गया था...

मुझे नहीं मालूम उन भैया ने मुझ पर आँख मूँद कर भरोसा क्यों किया और कैसे उन्होंने एडजस्ट किया। लेकिन उस दिन मुझे पहली बार लगा कि वाकई अगर आपका स्वभाव नम्र और अच्छा है तो लोग भी आपको अच्छे ही मिलते हैं।

अगले कुछ महीने तक कंप्यूटर ही मेरा एकमात्र साथी रहा जिस बीच मैंने कोट्स डिजाइनिंग से लेकर फोटोशॉप और वेबसाइट बनाना यानी एचटीएमएल सीखने पर ही फोकस किया।

9

बी-टेक, तीसरा साल

बी-टेक, तीसरा साल

साल - 2007, आगरा शहर - उत्तर प्रदेश

फोर्थ सेमेस्टर के एग्जाम शुरू हो चुके थे। इस दरमियां मैंने कंप्यूटर से दूरी बना किताबों से नजदीकियां बढ़ा ली थीं। एग्जाम खत्म हुए तो मैंने मिड ब्रेक में घर वापसी की बजाय कुछ नया करने के बारे में सोचा और वह था वेबसाइट डिजाइनिंग। मेरे अंदर ये नव-विचार वाकई मुझे बदलता महसूस करा रहे थे।

लगभग हफ्ते भर बाद कॉलेज खुला फिफ्टथ सेमेस्टर की शुरुआत हो चुकी थी। कॉलेज में दो साल कब में गुजर गए इसका वक्त ने पता ही नहीं होने दिया। इन दो सालों में मैंने बहुत कुछ सीखा और अभी भी सफर रुका नहीं था। अब मेरे संघर्ष का नया दौर शुरू होने वाला था।

जिस तरह सेमेस्टर बढ़ रहे थे उस हिसाब से कॉलेज प्रोजेक्टस, और असाइनमेंट में भी इजाफा हो रहा था।

मैं शहर में रह तो रहा था लेकिन मुझे इस बीच बचत की जरूरत महसूस हुई। और इसलिए मैंने सोचा क्यों न एक एवरेज रूम ले लिया जाए जहाँ मुझे महीने का ग्यारह सौ रुपये न देने पड़े। अत: मैंने फिर एक ऐसे रूम की तलाश शुरू की जो मेरे नए खर्च के हिसाब से उचित रहे।

जल्द ही मेरी खोज समाप्त हुई। कम पैसों और कम सुविधाओं से लैस यह रूम पहले वाले से बिल्कुल अलग था। यह रूम शहर के आउटर सर्कल में स्थित था। जिसका किराया छह सौ रुपये प्रति महीना था। शूज फैक्ट्री के ऊपर बने तीसरे माले के इस कमरे के माहौल की बात करें तो वह ठीक वैसा ही था जैसे फिल्मों में मुम्बई की किसी बस्ती को हम देखते हैं, पर मुझे इस कमरे से जरा भी आपत्ति नहीं थी। आखिर छह सौ और ग्यारह सौ रुपये के बीच पूरे पाँच सौ रुपये का अंतर था। और जब इतने पैसों की बचत हो ही रही थी तो मैं मैं क्या ही कम्फर्ट देखता।

यहाँ का माहौल भी पहले से बहुत अलग था- तीन फीट से भी कम की गली, चारों ओर सीलन की गंध और माचिस की तीलियों की तरह रह रहे एक ही मकान में कई लोग एक शहर की महत्वत्ता को बता रहे थे। कोई पढ़ाई करने के लिए शहर में था तो कोई रोजगार के लिए। लेकिन अब इसी रूम से मुझे आगे सपनों की उड़ान भरना थी, मैं मन ही मन सपने बुन चुका था। वे सपने जो मेरी जिज्ञासा और सीखने की ललक से दिखे थे।

मेरा दिमाग बाकियों की तरह खुराफाती करने की बजाय जीवन को एक नई और बेहतर दिशा किस तरह देनी है' इस ओर ज्यादा दौड़ता था।

सीखने की ललक और जुनून जब हावी हो जाती है तो व्यक्ति उस राह में आने वाली अटकलों से भी कुछ सीखने का प्रयास करता है। और यही खूबी इंसान को एक नौसिखिया बनाती है।

***

लोगों के बीच तक वेबसाइट की सर्विस किस तरह पहुँचानी है मैं इसी उधेड़बुन में रहता। अक्सर सोचता जब पॉलिसी लोगों को बेची जा सकती है तो वेबसाइट की सर्विस क्यों नहीं। आखिर गूगल पर मौजूद करोड़ो वेबसाइट यूँ ही थोड़ी न बन जाती हैं। जिस प्रकार से पॉलिसी की मदद से आने वाले फ्यूचर को सेफ और सिक्योर किया जा सकता है उसी तरह वेबसाइट की मदद से भी बिजनेस के प्रेजेंट और फ्यूचर

को भी तो और एडवांस और ग्रोथ की ओर ले जाया जा सकता है। आने वाले समय में यह उभरती इंटरनेट की दुनिया बिजनेस करने वालों के लिए वरदान साबित होगी। मुझे वेबसाइट की महत्वता का थोड़ा बहुत भान था और इसलिए मैंने वेबसाइट सर्विसिंग का काम शुरू करने का निर्णय लिया।

परंतु सवाल था- वेबसाइट सर्विसिंग के लिए किन-किन बातों का ध्यान रखना जरूरी है!

मुझे इस बारे में अधिक जानकारी नहीं थी। लेकिन यहाँ मेरा पढ़ा हुआ काम आया। कई कंपनियों के सीईओ की जीवनी और संघर्ष की कहानी पढ़कर मैं इस नतीजे पर तो पहुँच ही सकता था कि मेरी शुरुआत का नतीजा प्रतिकूल तो नहीं हो सकता। बशर्ते मेरी शुरुआत को उचित गाइडेंस मिले। तभी मैं अपने काम को बेहतर ढ़ंग से अंजाम दे सकता था। लेकिन चिंता इस बात की थी कि इस बारे में सलाह ली किससे जाए, मेरी नजर में कोई भी ऐसा शख्स नहीं था जो स्टार्ट अप कर रहा हो या फिलहाल किसी ने सोचा हो। और इसलिए मेरे पास सिर्फ एक ही विकल्प था- गूगल।

एक लंबी खोजबीन के बाद मुझे मालूम हुआ कि कोई भी स्टार्ट अप इन तीन पिलर्स पर टिका होता है..

पहला तो काम की गुणवत्ता, दूसरा एक ठिकाना यानी एक कंपनी जिसे एप्रोच कर आप तक क्लाइंट पहुंचेंगे और सबसे लास्ट एडवर्टाइजमेंट।

मुझे खुद पर इतना कॉन्फिडेंस तो था कि मैं डिजाइनिंग कर सकता हूँ। लेकिन फिर भी एक घबराहट थी कि काम को अंजाम कैसे दिया जाए। और इसीलिए मुझे एक प्लानिंग की जरूरत थी।

सबसे पहले मुझे विचार करना था कि मेरी कंपनी का नाम क्या रहेगा! मुझे एक ऐसा नाम चुनना था जो जीवन की वास्तविकता पर नहीं अपितु वर्चुअलिटी के अस्तित्व पर अधिक जोर दे। काफी सोच विचार कर मुझे एक नाम सुझा- 'प्रीटेन्शस'। इस नाम के दो अर्थ थे पहला- महत्वाकांक्षी और दूसरा विर्चुअल यानी आभासी जो तकनीक के क्षेत्र की एक अलग दुनिया होती है। मैंने बिना किसी देरी

के प्रीटेन्शस नाम से डोमेन बुक किया। डोमेन तो बुक किया लेकिन अब परेशानी यह थी कि डोमेन को सर्वर के साथ कैसे जोड़ा जाए। इसके लिए मैंने हिमांशु सर से बात की, वही टीम के सदस्य जिन्होंने मुझे वेबसाइट के बारे में बताया था। वह मेरी मदद के लिए आगे आये और कहा कि तुम वेबसाइट डिजाईन करो आगे का काम हम मिलकर करेंगे। इसी आश्वासन से मैं अपने काम में जुट गया।

और आखिर उनकी मदद से मैंने वेबसाइट को प्रैक्टिकली ढंग से होस्ट करना सीख लिया था। भले ही इसमें थोड़ा समय लगा हो लेकिन इससे मेरी कंपनी का इंटरनेट की दुनिया में रजिस्ट्रेशन हो गया था। और अंततः 'द प्रीटेन्शस, डेवेपमेंट कंपनी' बनकर तैयार थी।

अब मेरा अगला कदम- एडवर्टाइजमेंट करना था मैंने कंप्यूटर की मदद से कुछ पोस्टर डिजाइन किए और कुछ दोस्तों के साथ मिलकर उन्हें प्रिंट कराया और फिर शहर भर में डिस्ट्रीब्यूट करवाया।

हमारा यह काम लगभग तीन दिन चला। इस बीच हम हर शाम आगरा के आउटर सर्कल पर बने मोहन ढाबे पर बैठ चाय पीते और अलग-अलग मुद्दों पर चर्चा करते...

10

पहला क्लाइंट और सिक्स्थ सेमेस्टर

पहला क्लाइंट और सिक्स्थ सेमेस्टर

साल - 2008, आगरा शहर - उत्तर प्रदेश

एक हफ्ता गुजर चुका था। ये मेरा सातवां दिन था जब मैंने अपने काम को लेकर पहला कॉल रिसीव किया, जैसे ही उन्होंने मेरे कामकाज को लेकर पूछताछ की। उस समय मेरे पैर जमीन पर नहीं थे मेरी खुशी का मानो कोई ठिकाना ही नहीं रहा था। वह कस्टमर अपने स्कूल के लिए एक वेबसाइट क्रिएट कराना चाह रहे थे। उन्होंने मुझसे मिलने के लिए कहा। मैं इस बात के लिए थोड़ी हिचक महसूस कर रहा था कि वह यहाँ के माहौल को देखेंगे तो क्या सोचेंगे। पर मैंने इस बात पर ज्यादा विचार नहीं किया और उन्हें मिलने के लिए अपने घर का पता बता दिया।

मैंने सब कुछ छिपाने की बजाय उनका स्वागत किया और बताया की यही मेरा ऑफिस है। बारह बाय आठ के उस कमरे में मेरा ऑफिस किचन और बेड रूम सब था। क्लाइंट को ये सब देख उन्हें थोड़ा अजीब भी लगा। लेकिन उन्हें महज अपने काम से मतलब था। जिसके लिए वह आए थे। कुछ देर की बातचीत के बाद बात पैंतीस सौ रुपये में तय हुई। मुझे पहला क्लाइंट मिल चुका था। लेकिन इसके लिए भी मुझे उनके साथ काफी माथापच्ची करनी पड़ी थी। वह इसी असमंजस

में थे कि मैं ठीक ढ़ंग से काम कर भी पाऊंगा या नहीं। लेकिन कुछ डॉउट्स के जवाब पाने और मेरी वेबसाइट (द प्रीटेन्शस) को रिव्यू करने के बाद वह मेरे काम को लेकर आश्वासित हो चुके थे। और मुझे भी खुद पर इतना आत्मविश्वास तो था कि मैं इस काम में क्लाइंट को जरा भी निराश नहीं होने दूँगा। मेरी मेहनत की आधारशिला मेरे इसी पहले प्रोजेक्ट पर टिकी थी और इसलिए यहाँ मुझे अपना बेस्ट देना था, अब यह मेरे काम और मेहनत की पहल- एक परीक्षा में तब्दील होने जा रही थी, जहाँ मुझे हर हाल में पास होना था।

मुझे बेहद ईमानदारी, समझदारी और बारीकी से काम करना था।

मुझे ज़्यादातर वक्त डिजाइनिंग पर देना था। और इसलिए मैं कॉलेज से आते ही वेबसाइट के काम में जुट जाता। मुझे वेबसाइट की थीम और फोन्ट के तकनीकी स्तर का खास ध्यान रखना था। दिन-रात एक कर पूरी तल्लीनता के साथ काम करने के बाद मैं आखिर चार दिन बाद वेबसाइट का होम पेज और कुछ फ़्लैश एनीमेशन बनाने में सफल रहा। अब मुझे यह चार दिन की मेहनत क्लाइंट को दिखानी थी। जिससे यह तय होता कि मैं वेबसाइट को उनके कहे अनुसार डिज़ाइन कर पाया हूँ या नहीं।

जब क्लाइंट ने अपनी वेबसाइट का खाका देखा तो वह इम्प्रेस रहे बगैर नहीं रह सके। उन्हें मेरा बनाया हुआ पेज बेहद पसंद आया। और वह चाहते थे कि मैं इसी कॉन्टेक्स्ट में आगे का काम करूँ।

उन्होंने मुझे तुरंत एडवांस में और हज़ार रुपये दिए और इसी तरह आगे का काम जारी रखने के लिए कहा। क्लाइंट का यूँ खुश होना मानो लग रहा था कि मेरी मेहनत वसूल हुई। मुझे पैसों की इतनी खुशी नहीं थी, मुझे खुशी थी तो इस बात की कि मेरी मेहनत रंग लायी।

क्लाइंट की यह खुशी और संतुष्टि, मेरे लिए प्रेरणा स्त्रोत थी। इसी लगन और खुशी के साथ मैं वापस आगे के काम को पूरा करने में जुट गया।

लगभग दो हफ्तों तक लगातार डटे रहने के बाद वेबसाइट का काम पूरा हो चुका था। क्लाइंट को मेरे काम से कोई शिकायत नहीं

थी। उनकी यह संतुष्टि मेरे लिए एक बड़ी कामयाबी थी।

कहते हैं-आपकी मेहनत कभी व्यर्थ नहीं जाती। अपना पहला काम खत्म करने के बाद मुझे तत्काल दूसरा क्लाइंट मिल गया। हालांकि, वह पैसों को लेकर थोड़ा मितव्ययी थे। और इसलिए मुझे पहले के मुकाबले दूसरे प्रोजेक्ट में कुछ कम पैसे मिले। लेकिन इससे मुझे कोई शिकायत नहीं थी। क्योंकि इस समय पैसों से ज़्यादा अहमियत अनुभव और कौशल की थी जिसे मुझे हासिल करते रहना था।

उस दौरान मैंने चार क्लाइट्स के लिए काम किया। हाँ, मेरा पढ़ाई पर कुछ कम ध्यान रहा लेकिन इस बीच मुझे खुशी इस बात की थी कि लोग मुझे जानने लगे थे।

देखते ही देखते कॉलेज के ये दिन इसी तरह गुजरते गए...

11
बीटेक के बाद..

बीटेक के बाद..

साल - 2009, आगरा शहर - उत्तर प्रदेश

जीवन में कॉलेज का संघर्ष और थोड़ी सी मिली सफलता मुझे प्रोत्साहित कर चुकी थी। मेरी इंजीनियरिंग भी पूरी हो चुकी थी। यूँ तो मैं वेबसाइट सर्विसिंग में बेहतर कर रहा था। लेकिन मुझे महसूस हुआ कि आगे बढ़ने के लिए जरूरी है कि जीवन में कुछ नया करते और सीखते रहना। मुझे अवसर की तलाश थी ताकि अपने पेशे को अनुभव की मज़बूती से टिका कर रख सकूँ। बहरहाल, मैं आगरा में अपने इस व्यवसाय को लेकर यूँ ही आगे बढ़ता रहा।

अभी दो ही महीने गुजरे थे कि एक दिन कॉलेज के किसी दोस्त ने मुझे एक मेजर प्रोजेक्ट के संदर्भ में मिलने के लिए कहा।

वह मेरी वेबसाइट सर्विसिंग से अनजान नहीं था। उसने मुझे बताया कि हिंदुस्तान कॉलेज में टेक्निकल टीम को एक प्रोफेशनल कंसलटेंट की जरूरत है।

"पर ये तो काफी हाई-फाई काम होगा",,,मैंने अपनी दक्षता को आंकते हुए उससे कहा।

"हाँ है तो, लेकिन तुम पिछले दो साल से इस फिल्ड में काम कर रहे हो , विश्वासी हो, काम भी अच्छा करते हो और तो और अनुभव भी अच्छा है। और इसलिए मुझे लगता है कि तुम इस प्रोफाइल के लिए एकदम परफेक्ट हो",,,उसने भरोसा जताती आँखों से कहा।

"क्या फुलटाइम है?",,,मैं कुछ सोचते हुए बोला।

"नहीं पार्ट टाइम है शायद, आखिर उनको सिर्फ एक कंसलटेंट ही तो चाहिए",,,वह बोला।

भले ही मेरा आत्मविश्वास यहाँ डगमगा रहा था। लेकिन फिर मैंने सोचा कि वेब कंसलटेंट का यह अवसर मेरे अनुभव को काफी हद तक बढ़ा सकता है। मेरे आत्मविश्वास को उजागर करने और खुद को लायक बनाने के लिए मेरे पास यह एक सुनहरा अवसर था। जिसे मैंने गवाना उचित नहीं समझा।

मैंने अपना पोर्टफोलियो समेटा और खुद को प्रेजेंटेशन के लिए तैयार किया और कॉलेज की ओर बढ़ चला।

उस इंटरव्यू मीटिंग में उन्हें मेरी प्रेजेंटेशन और प्रेजेंट करने का तरीका पसंद आया और आखिर में मैंने उनके साथ काम करने का अवसर पा लिया था।

लेकिन कुछ समय बाद मुझे पता चला कि वे मुझे बतौर फुल टाइम हायर करने के बारे में विचार कर रहे हैं। लेकिन मैं इन-हाउस हायरिंग के लिए तैयार नहीं था। क्योंकि इसके बाद मुझे नौ से छह तक काम करना पड़ता। लेकिन फिलहाल आर्थिक कारणों और अनुभव की दृष्टि से मैंने उसे जारी रखना उचित ही समझा।

अनुभव आपके कौशल को मज़बूती देना का एक जरिया होता है। मुझे मुश्किल से पंद्रह ही दिन हुए थे, और इस बीच न तो मैंने कुछ नया सीखा था और न ही मुझे वहाँ का माहौल रुचिकर लग रहा था। लेकिन जैसा कि मैंने कहा अनुभव कौशल को मज़बूती प्रदान करता है। अत: यही सोच मैं टीम के साथ जुड़ा रहा।

मुश्किल से अभी एक महीना ही गुजरा था। लेकिन इस दौरान मैंने अनुभव किया कि यहाँ इतना अधिक काम नहीं है। यह काम पार्ट टाइम में भी किया जा सकता था। क्योंकि अक्सर जो काम दिया जाता था वह दो या तीन घंटे के अंतराल में समाप्त हो जाता था।

इसी तरह लगभग छह महीने गुजर गए। मैं अक्सर महसूस करता कि यहाँ मैं टाइम वेस्ट के अलावा कुछ नहीं कर रहा हूँ। न कुछ सीख पा रहा हूँ और न ही आगे बढ़ पा रहा हूँ। इसी तरह काम करना था

तो मैं अपने काम से ही संतुष्ट था। यहाँ आठ घंटे देना मानो मुर्खता का परिचय था। मैंने टीम लीडर से इस बारे में बात की कि भले ही मुझे सैलरी कम मिले लेकिन मैं अपना फुल टाइम इस तरह नहीं दे सकता...लेकिन मेरा यह प्रस्ताव उन्हें मंजूर नहीं हुआ।

उनकी यह नामंजूरी मुझे नागवार गुजरी। मैंने बिना आनाकानी किए कुछ दिनों तक यूँ ही काम किया और आखिर में अपना रेजिग्नेशन लेटर कंपनी को सौंप वहाँ से राह मोड़ ली। मैं वहाँ के माहौल से इतना उब चुका था कि मैंने अपना नोटिस पीरियड पूरा करना भी उचित नहीं समझा। इस ऊहापोह में मैं यह भी भूल गया कि मेरे दसवीं और बारहवीं के मूल दस्तावेज वहीं जमा थे...

12
डिस्काउंट कार्ड

डिस्काउंट कार्ड

साल - 2011, आगरा शहर - उत्तर प्रदेश

इस बीच, मैं कुछ बिज़नेस करने और वैसी सोच रखने वाले व्यक्तियों से मिला जो हमेशा बिजनेस को लेकर उत्साहित रहते। और इन्हीं में शामिल थे दो ऐसे दोस्त जो बिल्कुल मेरे जैसा सोचते थे- नवीन और नरेंद्र।

नवीन और नरेंद्र से मेरी मुलाकात 'द प्रीटेन्शस' के एडवर्टाइज के दौरान हुई थी। उन्हें यह देख मुझमें दिलचस्पी हुई कि मैं कॉलेज लाइफ में भी कुछ नया करने का जज्बा रखता हूँ। दरअसल, ये दोनों बिजनेस करने को लेकर काफी उत्साहित थे। और यही कारण था कि वे दोनों मेरे पास आएं और मुझसे प्रीटेन्शस के बारे में बातचीत करना शुरू किया। इस बातचीत ने धीरे-धीरे कब में दोस्ताना रूप ले लिया इसका पता ही नहीं चला।

नवीन के आचार-विचार बिल्कुल मेरी तरह ही थे। उसे बिजनेस करने का थोड़ा बहुत अनुभव ही प्राप्त था। लेकिन अपनी पर्सनैलिटी हमेशा बिजनेसमैनों वाली रखता था। वह विवेक बिंद्रा का बड़ा फैन था। और ऐसी शख्सियतों से मिलने के लिए हमेशा उत्साह से लबालब रहता।

वहीं नरेंद्र हममें काफी समझदार था। वह स्टूडेंट्स को ओपन से बीबीए और एमबीए कराता और अपने ट्रेनिंग सेंटर में उन्हें

मर्चन्डाइसिंग की क्लासेज देता। वह बिजनेस की बारिकियों को बहुत नजदीक से जानता था। वह हर काम का शॉर्ट कट ढूँढने की बजाय उसके लोंग टर्म तक टिके रहने के रास्ते खोजता रहता।

हम तीनों का स्वभाव काफी घुलनशील हो चला था। और अब हम तीनों मिलकर आगामी कल के बारे में सोचने लगे थे।

एक दिन हम तीनों साथ बैठे थे और व्यवसाय को लेकर अपने विचार और कौशल शेयर करने के लिए नए रास्ते और योजना बना रहे थे।

यूँ तो मेरा 'द प्रीटेन्शस' के जरिए बिजनेस चल ही रहा था। लेकिन जब मिलकर हमने विचार किया तो रह-रह कुछ नया करने और सीखने की ललक फिर पैदा होने लगी थी।

अब बस मुझे सिर्फ इतना करना था कि 'द प्रीटेन्शस' से कुछ समय निकाल दूसरे व्यवसाय में दूँ...

हम कुछ सोच ही रहे थे कि अचानक मेरे दिमाग में एक विचार आया। एक ऐसा विचार जिसे सुन नवीन और नरेंद्र दोनों उछल पड़े और कहने लगे वाह! इसमें नुकसान होने का कोई सवाल ही नहीं रहेगा, आईडिया था- 'डिस्काउंट कार्ड'।

डिस्काउंट कार्ड ही वह योजना थी जिसके जरिए व्यवसाय को एक नया मोड़ दिया जा सकता था। और यह योजना हमें बिल्कुल वाजिब लग रही थी।

अक्सर रिटेलिंग या कुछ स्टैंडर्ड दुकानों में प्रोडक्ट्स में कन्सेशन या डिस्काउंट का कोई ऑप्शन नहीं होता। लेकिन किसी खास दिन या त्योहार पर कंपनी प्रोडक्ट डिस्काउंट के कूपन्स निकालती हैं। लेकिन इसके बारे में अधिक लोगों को नहीं पता होता। जिससे न तो कस्टमर को कोई फायदा होता और न ही दुकानदार या कंपनियों को। और हमने इसी डिस्काउंट कार्ड की पब्लिसिटी को बढ़ावा देने के बारे में विचार किया।

हमने उन दुकानों, फैशन और कंप्यूटर स्टोर को केन्द्र में रखा जो समय-समय पर छूट दिया करते थे। लेकिन ग्राहक उन छूटों का फायदा उठाने से वंचित रह जाते थे। इसलिए हमारे द्वारा जारी किए

जाने वाला यह डिस्काउंट कार्ड ग्राहकों और दुकानदारों को फायदा पहुँचाने का काम करता।

तकनीकी सामान और फैशन को लेकर सबसे ज्यादा यूथ एक्टिव रहते हैं और इन्हीं के बीच हमें डिस्काउंट कार्ड का प्रचार करना था।

हमने अपनी योजना को और मज़बूत करने के लिए शहर भर की उन तमाम दुकानों से टाई-अप कर लेना उचित समझा जो समय-समय पर प्रोडक्ट बिक्री के लिए डिस्काउंट निकालती रहती थीं। हमें भरोसा था कि उन्हें हमारा यह कॉन्सेप्ट पसंद आयेगा। इसमें उनका एक प्रसेंट भी घाटा नहीं था। हम किसी भी दुकानदार से बात करते वह झट से हमारा प्लान सुन हामी भर देता। इसी तरह लगभग सौ दुकानदार हमारे इस प्रस्ताव से सहमत और संतुष्ट थे। अब हमारा अगला कदम अपनी टारगेट ऑडियंस के बीच यह डिस्काउंट-कार्ड स्कीम को पहुँचाना था,और यह तभी संभव था जब उन्हें एकत्रित किया जाए...

हमारे लिए हमारी टारगेट ऑडियंस अठारह से पच्चीस साल के वो कॉलेज स्टूडेंट्स थे जिन्हें समय-समय पर किसी न किसी वस्तु की जरूरत पड़ती ही है। फिर भले ही- ब्रांडेड शूज हों या गारमेंट्स, स्टेशनरी हों या किताबें या फिर कंप्यूटर का कोई तकनीकी सामान। हमारी टाई-अप की हुई कंपनियों में अधिकतर वही शॉपकीपर शामिल थे जो इस तरह के प्रोडक्ट सेल कर रहे थे। लिहाजा हमें ऐसे ही स्टूडेंट्स तक ही अपनी बात पहुँचानी थी।और इसके लिए एक ही विकल्प था कि इन सभी को किसी तरह एक साथ लाया जाए।

डिस्काउंट कार्ड का ग्रैंड लॉन्च करने और स्टूडेंट्स को इस ओर आकर्षित करने के लिए हमने एक इवेंट करवाने की योजना बनाई। एक ऐसा इवेंट जिसमें भारी संख्या में स्टूडेंट्स बढ़ चढ़कर हिस्सा ले सके।

हमने सबसे पहले इवेंट प्रमोशन के बारे में सोचा। ये सब तीन लोगों के बस का काम नहीं था। अतः हमें कुछ और लोगों की जरूरत थी। चूंकि मैं कॉलेज के शुरू से ही इवेंट मैनेजमेंट टीम का एक हिस्सा रहा था तो मुझे ऐसे लोगों की मदद आसानी से मिल गई जो हमारे

साथ इवेंट में जुड़ सकते थे। मैंने कॉलेज के कुछ पुराने दोस्तों से संपर्क साधा और उन्हें अपने इवेंट के बारे में बताया। उन्होंने जब ये सब सुना तो उन्होंने भी शामिल होने से इनकार नहीं किया...

क्योंकि इवेंट में मेरा अनुभव अच्छा रहा था। और इससे पूरा कॉलेज परिचित था। जब इस बारे में कॉलेज के जूनियर्स को पता चला तो उनमें एकअनोखा उत्साह और जिज्ञासा पैदा हुई।

अक्सर कोई भी कॉलेज स्टूडेंट बड़े स्तर पर हो रहे इवेंट में वॉलिंटियरिंग करने का मौका नहीं गवाना चाहता। और इसलिए पहले तो कुछ ही स्टूडेंट्स और बाद में कई स्टूडेंट्स ने खुद को हमसे जोड़ना शुरू कर दिया था।

इस तरह हमारे कई ग्रुप बने जो हमारे मेनेजमेंट का एक बड़ा जरूरी हिस्सा थे...

अब हमारा अगला पड़ाव कॉलेजों के डोर-टू-डोर जाकर इवेंट का प्रमोशन करना था।

यह सबसे बेहतर ऑप्शन था। नवीन और नरेंद्र मेरी बात से सहमत थे क्योंकि कॉलेज ही सबसे बेहतरीन विकल्प था जहाँ से हम अधिक से अधिक स्टूडेंट्स की रीच तक आसानी से पहुँच सकते थे।

हमारे लिए सबसे बड़ी चुनौती यह थी कि कॉलेज प्रशासन हमें प्रमोशन के लिए अनुमति देगा भी या नहीं! क्योंकि कोई भी कॉलेज सबसे पहले एकेडमिक फायदा जरूर देखता है।

यह सवाल नवीन को बहुत परेशान कर रहा था,आखिर उसने पूछा-

"यार, एक बात बताओ कोई भी कॉलेज हमारे इवेंट में इंटरेस्ट क्यों लेगा, आखिर इससे उनके कॉलेज का क्या फायदा होगा"...

नरेंद्र भी नवीन के इस सवाल से सहमत था। और उनका सवाल वाजिब भी था,,आखिर कोई भी कॉलेज ऐसे इवेंट में क्यों दिलचस्पी दिखाएगा जिसमें उनके कॉलेज का कोई फायदा न हो..

क्योंकि हमारा मेन एजेंडा तो उन्हें आकर्षित करना था...

इस बारे में घंटों सोचने के बाद, हमने इवेंट को एक नया रूप दिया जहाँ से बच्चे अपने हुनर और टैलेंट का प्रदर्शन कर सके। और इन्हीं एकेडमिक गुणों को जोड़ते हुए हमने इसका नाम- 'द यूथ फेस्टिवल'

रखा।

यह इवेंट अब एक ऐसे प्लेटफॉर्म का रूप ले चुका था जहाँ से स्टूडेंट्स अपने हुनर को उड़ान दे सकते थे। आर्ट्स एंड कल्चर, ग्रेफ्टी, स्कल्पचर, पेंटिंग, क्रिएटिव राइटिंग, पोएट्री- रेसिटेशन, सिंगिंग, स्पीच, डिसकोर्स...और कई ऐसी खूबियाँ जिससे बच्चे अपने टेलेंट को प्रदर्शित कर सके और उनकी इस प्रतिभा को सराहया जा सके। इन सब के अलावा हम कुछ गेम्स, स्टॉल और बैंड तक की भी योजनाएँ बना रहे थे। ताकि स्टूडेंट्स वहाँ एन्जॉय भी कर सके।

आखिर एक लंबे चौड़े विचार और फंड का हिसाब लगाते हुए हमने पोस्टर, पेम्फ्लेट डिजाईन करने का काम शुरू किया। इन सब तैयारियों के बाद हमने पहले उन कॉलेजों में जाना मुनासिब समझा जहाँ के कुछ प्रोफेसर आदि को हम जानते थे।

हम शुरू में तीन कॉलेज के प्रबंधकों से मिले जहाँ से हमें सकारात्मक प्रतिक्रियाएँ मिलीं।

हमारे लिए यह प्रतिक्रिया काफी प्रेरक भरी थी। और अब हमें विश्वास हो गया था कि हमारा प्लान सही दिशा की ओर जा रहा है।

***

“हम लोगों को इवेंट प्रमोशन के लिए दूसरे कई कॉलेजों में भी जाना होगा”,,,

मैंने नवीन की ओर देखते हुए कहा।

“कितने कॉलेज होंगे”,,,नवीन ने गंभीरता से पूछा।

“शहर के आसपास के लगभग 80 कॉलेज”...

“80 कॉलेज!,,, क्या तुम पागल हो गए हो।

“यह कैसे संभव है?”

हम ये सब कैसे करेंगे?

मैंने उन्हें समझाया- “तुम चिंता न करो इसकी भी मेरे पास एक तरकीब है”..

प्लान सुनने के बाद आखिर में वो दोनों सहमत हो गए...

अब हमने इस ओर एक कदम और बढ़ा लिया था...

हमने फिर एक बार अपनी टीम को अलग-अलग भागों में बाँटा और उन्हें अलग-अलग काम सौंपे

इनमें पाँच से छह लोगों को मैंने मार्किटिंग से जुड़ी कई दूसरी कंपनियों के पास स्पॉन्सरशिप के लिए भेजा ताकि इवेंट के कुछ स्पॉन्शर मिल सके इसका साथ ही दुकानदारों व शॉपकिपरों से भी कुछ पैसे उघाये...

जब कुछ फंड इकट्ठा हुआ तो हमने कॉलेज विजिट करना शुरू किया..

हम सभी सुबह पाँच बजे उठ जाया करते और-वालंटियर वाली ड्रेस, कैप पहन कुछ फाइल फोल्डर हाथ में लेकर कॉलेज-टू-कॉलेज विजिट करने लगते। जो कॉलेज हमें सहमति देता वहाँ हम खूब दबा कर प्रचार-प्रसार करते, स्टूडेंट को समझाते, कॉलेज की दीवारों से लेकर अंदर नोटिस बोर्ड तक इवेंट के पोस्टर लगाते और वक्त रहता तो स्टूडेंट्स से तत्काल रजिस्ट्रेशन भी करवाते...

सड़कों के किनारों से लेकर रेड लाइट के खम्बों तक और बसों के स्टैंडों से लेकर बसों के अंदर तक सभी ओर हमने अपने इवेंट के पेम्फलेट लगाना शुरू कर दिया था।

सब कुछ ठीक ढंग से हो रहा था, अब हमने यह निर्धारित आशा कर ली थी कि हमारा इवेंट ज़रूर सफल होगा।

लेकिन इन सब के बावजूद भी एक चीज़ फिर से हमारे जज्बे को शिथिल कर रही थी। और वो थी हमारे आयोजित होने जा रहे इवेंट की- लोकेशन।

इवेंट की लोकेशन मुख्य शहर से चौबीस किलोमीटर दूर थी। और हम अपने इवेंट का प्रचार तीस से चालीस किलोमीटर के दायरे में आने वाले सभी कॉलेजों के बीच कर रहे थे। अब हमें यह चिंता सताने लगी थी कि क्या स्टूडेंट्स हमारे इस इवेंट में आ भी पायेंगे या नहीं? क्योंकि दूरी अधिक थी। कहीं हमारा इवेंट फ़्लॉप होने की दिशा की ओर तो नहीं बढ़ जायेगा? इस समस्या के समाधान के लिए हमने और एक योजना बनाई। और वो थी-फ्री बस सेवा।

हमने अलग-अलग कॉलेजों से इवेंट तक के बीच की दूरी तय करने के लिए बस की व्यवस्था करवाई । ताकि स्टूडेंट्स किराए की झंझट से भी निजात पा ले, और भागदौड़ से भी बच सकें। क्योंकि अधिकतर स्टूडेंट के लिए किराया जुटाना भी एक बड़ी समस्या होती है। इस बात को मैं बेहतर ढंग से जानता था...

हमने तत्काल कॉल और मैसेजेस के ज़रिए स्टूडेंट्स तक इस सुविधा की खबर पहुँचवाना शुरू किया...

***

आखिरकार, वह दिन आया जिसके लिए हमने दिन-रात कड़ी मेहनत की थी। दो दिन के इस इवेंट में हमने सभी सुविधाओं को सुनिश्चित तरीके से व्यवस्थित कर लिया था। खान-पान के एक दो स्टॉल सज चुके थे, जबकि कुछ वेंडर्स आने ही वाले थे। चारों ओर माहौल को आकर्षक बनाने के लिए तमाम तरह की लाइटें और बड़ी डिसप्ले का इंतजाम किया गया था। सभी वालंटियर अपनी-अपनी जगह ले चुके थे। हमने इवेंट में प्रवेश की टाइमिंग नौ बजे की रखी ताकि सभी कंटेस्टेंट्स और विजिटर समय को लेकर जल्दी या देरी की चिंता न करें।

इवेंट के पहला दिन उत्सव का था- इवेंट का उद्घाटन करने के लिए कुछ नामचीन हस्तियों को भी आमंत्रित किया गया था। पर समय का अभाव कहें या टालमटोल। पर उनमें से कुछ ही लोग आ पाए थे-सब तैयारियों के बाद नवीन ने पोडियम से स्टूडेंट्स को एक छोटा सा संभाषण दिया...

"प्यारे स्टूडेंट्स,...

आप सभी यहाँ आए उसके लिए सबसे पहले आप सभी का आभार एवं स्वागतम। जिस तरह व्यक्ति का व्यक्तित्व उसके आचरण से झलकता है उसी प्रकार एक स्टूडेंट् का व्यक्तित्व उसके हुनर से झलकता है। और हमें पता है आप सभी काबिलियत और हुनर से परिपूर्ण है। और उन्हीं कलाओं की उड़ान के लिए यह कार्यक्रम हमारी एक कोशिश है। मुझे आशा है, इस दो दिवसीय कार्यक्रम में आप सभी

पूरी उत्साह के साथ भाग लेंगे और कार्यक्रम को इसी तरह रंगीन बनाए रखेंगे,,,

इन्हीं बातों के साथ बहुत-बहुत शुभकामनाएं,,

धन्यवाद"

तालियों की गड़गड़ाहट शुरू हुई और फिर जजों की टीम के हाथों दीप प्रज्वलन के बाद इवेंट के कुछ कार्यक्रम शुरू किए गए..

रजिस्टर्ड स्टूडेंट्स बारी-बारी से अपने हुनर को पेश कर रहे थे। और जज उनकी कलाओं के अनुसार उनके नंबर नोट कर रहे थे।

ठीक इसके दूसरे पवेलियन में दूसरी प्रतियोगिताएँ आयोजित करवाई जा रही थीं।

तभी मेरे पास एक कॉल आया। दूसरी ओर किसी स्टूडेंट की आवाज थी।

"सर, मैं भारत कॉलेज से बात कर रहा हूँ, हमें यहाँ सुबह बजे से बैठे हैं बस अब तक नहीं पहुँची",,,

"ठीक है! आप दो मिनट रुकिए,,,मैं चेक करता हूँ।"

दरअसल, हुआ कुछ यूँ- कि कुछ बसे परमिट या किसी और वजह के चलते कॉलेजो तक नहीं पहुँच पा रही थीं। इसलिए बस ड्राइवर सर्विस लाइन पर स्डूटेंट का इंतजार कर रहे थे। जबकि स्टूडेंट्स इस बात से बेखबर थे।और हमें भी इस बात का कतई अंदेशा नहीं था। जब मालूम हुआ तो मैंने तत्काल बस वाले का नंबर स्टूडेंट को दिया। इसी तरह हमारे पास सैकड़ों ऐसे कॉल्स आये जिनमें स्टूडेंट्स बस तक न पहुँच पाने की शिकायतें कर रहे थे। इस समस्या से निदान पाने के लिए हमने एक अलग वॉलिंटियर टीम को तुरंत इस काम पर लगाया ताकि हर कॉलेज टीम पर कॉल करवाकर चेक किया कि स्टूडेंट्स तक बस पहुँच भी पाई है या नहीं..

बहरहाल, इसी तरह शुरुआती कुछ घंटे प्लान के मुताबिक ही गुजरे..

अभी तक सब कुछ बेहतर और बढ़िया चल रहा था...

लेकिन अभी एक बड़ी समस्या और आने वाली थी...

दोपहर हो चुकी थी। लेकिन अभी तक लंच के पैकेट्स नहीं पहुँचे थे। इन सब बातों से बेफिक्र हम सब अपने-अपने कामों में व्यस्त थे। पर भूख आपकी व्यस्तता में विघ्न डाल अपनी उपस्थिति दर्ज करा ही देती है। रह-रह मैंने नवीन से पूछ ही लिया..

"यार, ये अभी तक लंच और पानी के बोट्लस क्यों नहीं आए, देखों कितना टाइम हो गया है",,,मैंने धूप में आंखों को चिंदियाते हुए कहा।

"पता नहीं, केटरिंग वाले को फोन तो कई बार कर चुका हूँ लेकिन उठा ही नहीं रहा, आता ही होगा",,,नवीन ने आश्वस्त होते कहा।

"कब आयेगा यार, बच्चे प्यास और भूख से व्याकुल है",,,मैंने जेब से फोन निकालते हुए कहा।

अभी केटरिंग वाले को कॉल करने के लिए फोन जेब से निकाला ही था कि घंटी बजी...

डिस्पले पर रामू केटरिंग लिखा था...

"हैलो, कहाँ हो यार रामू, बहुत खराब व्यवस्था है तुम्हारी",,,मैंने उसे लताड़ते हुए कहा।

"अरे सरजी सॉरी! पर बात तो सुनो, हमारे टैम्पू का व्हील एक्सेल टूट गया है, थोड़ा टाइम लगेगा आने में",,,फोन के उस ओर से कैटरिंग वाले ने कहा।

"ओ...शिट..!!!

यार...

अच्छा!...कितना टाइम लगेगा?",,, मैंने कहा।

"साहब पूरा व्हील एक्सेल चेंज करना होगा तो दो या तीन घंटे लग जाएँगे",,, कैटरिंग वाले ने समस्या बताई।

"ठीक है! तुम जल्दी आ जाओं, बच्चे परेशान हैं और यहाँ आसपास भी कुछ नहीं है तुम जानते तो सब"... मैंने रिक्वेस्ट करते कहा।

"जी साहब...जानता हूँ आपसे ज्यादा मुझे चिंता है,बस आता हूँ",,,उसने हड़बड़ी में कहा।

लगभग एक बज चुका था, भूख से तो परेशान थे ही लेकिन इस भीषण गर्मी से भी स्थिति बेहाल थी। अब न पानी था और न ही

खान-पीन की व्यवस्था । उधर कैटरिंग वाला न जाने कहा था, यह भी नामालूम था। हमारी चिंता बढ़ने लगी थी। हमारे हालात भूख और प्यास से बदहाल हो चुके थे।

बार-बार वॉलिटियर कहते फिरते-

“सर, बच्चे परेशान हैं,,भूख से तो परेशान हैं ही... साथ ही अब तो पानी की भी शॉर्टेज है”

उनकी यह शिकायत सुन हम उन्हें दस या पंद्रह मिनट का इंतजार करने के लिए कहते और वे निराश हों फिर अपनी ड्यूटी पर तैनात हो जाते।

अब बस सब्र ही रखा जा सकता था...

लेकिन स्टूडेंट्स परेशान थे और उनकी आंखों में रह-रह सवाल और आशंकाएँ झलक रही थीं। परंतु अभी तक उस वेंडर वाले का कुछ अता- पता नहीं था। हालांकि, हमने पानी और कुछ स्नेक्स का इंतजाम तो किया पर यह काफी नहीं था...

मेरे लगातार फोन करने के बावजूद भी वह फ़ोन नहीं उठा रहा था।

कुछ वक्त बाद उसी का फोन आया..

मैंने फटाफट फोन उठाया...

“हैलो...कहा हो यार रामू, यहाँ बच्चे भूख से मर रहे हैं”,,, मैंने झलाते हुए पूछा।

“भैया ठीके नहीं हुआ,,,अभी एक सवा घंटा और लगेगा तकरीबन, बताइए हम ही क्या कर सकते हैं अब”,,, उसने परेशान भाव से कहा।

मैंने असहाय और गुस्से भरे ढंग से फोन काटा, और मेरे इन भावों को देखते हुए नवीन ने पूछा-“क्या कहा उसने!”

“अरे यार ये कैटरिंग वाला अभी भी नाटक कर रहा है, यहाँ बच्चे परेशान हैं ऐसा ही रहा तो कोई टिकने वाला नहीं हैं यहाँ ”,,,मैं झुंझलाते हुए बोला।

नरेंद्र तू एक काम कर सब छोड़ और किसी व्हीकल का इंतज़ाम कर वो यहाँ चार बजे से पहले नहीं पहुँचने वाला। और इस वेंडर वाले को बोल फूड वैन पहुँचने ही वाली है सब तैयार रखें...

नरेंद्र तेजी से कुछ वालिंटियर के साथ दौड़ता हुआ गया।

और तकरीबन सवा घंटे बाद अन्य वाहन के जरिए खाने के पैकेट्स और पानी की बोतलें और कोल्ड ड्रिंक लाई गईं...

हालांकि, इस समय तक बहुत से बच्चे जो दूर-दराज के क्षेत्रों से आये थे वो किसी तरह वापस जा चुके थे। इसलिए आधे से ज्यादा खान-पीन का सामान तो बच ही गया था।

ये विफलताएँ हमें नकारात्मकता की ओर ले जा रही थीं। अब तक हम खुश और संतुष्ट थे लेकिन अब ये कमियाँ और इन सबके चलते स्टूडेंट्स की उदासीनता हमें हताश और निराश कर चली थी।

"यार, सब बर्बाद सा ही हो गया अचानक",,,,नरेंद्र ने बड़े ही उदासीन भाव में कहा।

मैं थोड़ा मुस्कुराया और बस यही कहा कुछ नहीं सब अच्छा होगा, अभी इवेंट खत्म थोड़े ही हुआ है....

नवीन भी बहुत उदास था, लेकिन उसे सबसे ज्यादा गुस्सा उस वेंडर वाले पर आ रहा था। मैंने उसे समझाया और कहा-इसमें इसकी भी कोई गलती नहीं है, तू छोड़ उसे। अभी हमारे पास एक दिन और बाकी है, तो इसलिए आशा नहीं खोनी चाहिए। और वैसे भी आज तुम्हारी प्रेजेंटेशन बहुत बढ़िया रही, स्टूडेंट्स को देख लग रहा था वे बहुत गंभीर है।

लेकिन इंसान कोई भी हो भूखे पेट तो नहीं रह सकता न।

खैर, कोई नहीं छोड़ो...

तुम चिंता न करो, कल जरूर कुछ अच्छा होगा।

भले ही मैंने यह बात कह दी थी पर सच्चाई इसके विपरीत थी, जिसे हम तीनों जानते थे...

जैसा कि प्रत्याशित था, आज का क्राउड कल के 50 प्रतिशत जितना भी नहीं था। भले ही इस बार हमने सब कुछ अच्छे ढंग से तैयार कर लिया था। लेकिन फिर भी आज कुछ ही स्टूडेंट्स दिख रहे थे।

हम समझ गए थे कि... कल का इंप्रेशन स्टूडेंट्स के ऊपर बहुत खराब गया है और हो सकता है उन्होंने ही इंवेंट के बारे में दूसरे लोगों

को नकारात्मक प्रतिक्रियाएं दी हों। यहाँ तक कि जिन स्टूडेंट्स ने क्विज और दूसरी प्रतियोगिताओं में हिस्सा लिया था वो भी नहीं दिख रहे थे।

अब हमारी निराशा की कोई सीमा न रही,,,कुछ देर के लिए हम तीनों बड़ी ही गमगीन ढंग से उदास और शांत बैठे रहे।

“छोड़ो यार हमने अपना बेस्ट दिया--लेकिन अब हमारी किस्मत ही खराब है तो क्या करें”,,,नरेंद्र ने फीकी हँसी हँसकर कहा।

बहरहाल, किसी तरह इवेंट चलता रहा। जो डिस्काउंट कार्ड को लेकर स्पीच तैयार की गई थी उसकी तेह ज्यों की त्यूँ रही। गिने-चुने बच्चों के बीच उसे क्या ही पढ़ते। प्रतियोगिता में जीते गए बच्चों को प्रोत्साहित किया और उसके बाद शाम में बैंड प्रफोर्मेंस शुरू हुई...

हमारे इवेंट का सबसे रमणीय और सुहाना पल यही था। हमें जरा भी उम्मीद नहीं थी कि बच्चे बैंड को इस तरह एन्जॉय करेंगे इस बीच उन्होंने खूब जमकर मस्ती की,,,

ये देख हम तीनों को खुशी भी हुई कि आखिर हमारे इवेंट में कुछ तो अच्छा हो रहा था...

लगभग दो ढाई सो बच्चे एक साथ झुम रहे थे। यह शाम कल की शाम से कुछ अच्छी थी। और इसी शाम के ढलते सूरज की तरह हमारा इवेंट का चैप्टर भी अस्त हो चला।

हमें हमारे इंवेंट से कोई मुनाफा नहीं हुआ, हुआ तो सिर्फ नुकसान। इवेंट में लगाए गए हमारे दस लाख रुपये कैसे हवा हुए इसका पता ही नहीं चला।

मैंने जब नरेंद्र से इस बात को कहा तो उसने बस यही कहा..यार, बिजनेस में प्रॉफिट और लॉस तो चलता रहता है, हमने कोई जुआ थोड़ी ही खेला है; हमने तो सिर्फ मेहनत की है। अब उसमें हमें प्रॉफिट नहीं मिला तो क्या हुआ। कुछ अनुभव तो मिला न...

वाकई नरेंद्र की यह सकारात्मकता दिल जीत लेने वाली थी, लेकिन ऐसा भी क्या अनुभव जिसमें दस लाख रुपये की आहुति देनी पड़े। पाँच साल की कमाई जब दो दिन में बिखर जाए तो सारी सकारात्मकता रक्खी की रक्खी रह जाती है. इस समय खुद को

संभालना मेरे लिए बहुत कठिन काम था....

इंग्लिश में एक शब्द है टेंशन जो आमतौर पर हम परेशान होने पर कह देते हैं। लेकिन उस दौरान मैं टेंशन में नहीं अवसाद में था। हिंदी का वह शब्द जिसे इंग्लिश में डिप्रेशन कहते हैं। और यही शब्द आपके भीतर मौजूद नीरस और खोखलेपन का सच्चा द्योतक होता है,,,

कर्ज की मार और अवसाद का भार लिए मैंने आखिर दोस्तों से विदा ली। और जहाँ मैं रहा करता था उस जगह को छोड़ दिया।

मुझे लगा फिलहाल मुझे 'द प्रीटेन्शस' पर ही ध्यान केंद्रित करना चाहिए। लेकिन इस बीच तनाव रहित रहने के लिए मैंने कुछ पल अपने घर कानपुर जाना ही मुनासिब समझा। उस समय मुझे एक ब्रेक की जरूरत थी ताकि मैं फिर से खुद को मज़बूत कर सकूँ। और जहाँ तक कर्ज की बात है वो भी धीरे-धीरे उतार ही दूँगा। इसी विश्वास के साथ मैं आगरा से रुखसत हो गया...

13

एक बार फिर उठने की कोशिश...

एक बार फिर उठने की कोशिश...

साल - 2011, लखनऊ शहर - उत्तर प्रदेश

कानपुर आने के लगभग एक महीने तक- 'द प्रीटेन्शस' ठीक-ठाक चली। लेकिन इसके कुछ समय बाद क्लाइंट्स कुछ खास नहीं मिल रहे थे। लिहाजा मुझे जितने क्लाइंट्स मिल रहे थे उतने से ही जैसे-तैसे काम चलाना पड़ रहा था।

अपने खाली समय में या तो मैं कुछ पढ़ लेता या कुछ कॉन्ट्रेक्टस ढूँढने की फिराक में रहता । इसी तरह मेरे दिन व्यतीत हो रहे थे।

मैं खुद के भीतर एक थका हारा पथिक महसूस कर रहा था। कहते हैं, सपने तब तक पूरे नहीं होते जब तक उनमें खुद को झोंक न दिया जाए। लेकिन आज मुझे ये सब प्रेरक कहानी और कहावतें निरर्थक नजर आ रही थीं। मेरा यह खालीपन मुझे वह करने के लिए विवश कर रहा था जिसमें मुझे अधिक दिलचस्पी नहीं थी, एक नौकरी। जिसे न करने की तो मैंने कॉलेज इंटरव्यू के बाद से ही ठान ली थी। लेकिन आज मुझे वाकई एक नौकरी की जरूरत थी।

अमित मेरा खास दोस्तों में से एक था। वह आगरा में मेरे सामने वाले घर में ही रहा करता था। धीरे-धीरे जान पहचान हुई तो तो उसकी और मेरी खूब जमने लगी। वह उनमें से था जो दूसरे शहर पढ़ने

नहीं बल्कि उन शहरों को एक्सप्लोर करने जाते हैं।और वाकई शहर में उसकी काफी धाक जमती थी- वह बेहद जूगाड़ू और चंट किस्म के लड़कों में से था। लेकिन धोखाधड़ी और स्वार्थ उसके व्यक्तित्व में नहीं था। काफी दफे उसने मेरी कई कामों में मदद की थी। उस दौरान अमित किसी टेलीकॉम कंपनी में जॉब किया करता था। वह वहाँ सैलरी कम पाता था लेकिन पॉजिटिव एप्रोच उसमें बखूबी भरी हुई थी। और इसलिए आज रह-रह मुझे वह याद आ रहा था।

कुछ सोच -विचार कर मैंने टेबल पर रखा अपना नोकिया-1200 उठाया और एक कॉन्टेक्ट लिस्ट में जाकर एक नंबर डायल किया।

फोन की घंटी जा रही थी,,,

"हेलो, अमित मैं, रोहन बोल रहा हूँ।"

"हाँ भाई पहचान गया और कैसा है तू",,,फोन के दूसरी ओर वही जानी पहचानी आवाज थी।

हाल-चाल पूछने और बताने के बाद मैंने बिना घुमा फिरा कर अपना सीधा सवाल किया...

"भाई कहीं ठीक-ठाक जॉब है तो बता, यार फिलहाल जरूरत है मुझे",,,

मेरे इतना कहते ही उसने मेरी बात को बीच में छोड़ अचानक अपना सवाल दागा......

"तू तो बिजनेस कर रहा था न.. क्या हुआ?"

यह एक तंज था या एक स्वाभाविक सवाल, नहीं पता। लेकिन उस दौरान मैं थोड़ा असहज जरूर हुआ। भले ही यह सवाल किसी भी तरह किया गया हो परंतु सार्थक था। उसमें मुझे एक कड़वाहट का अनुभव हो रहा था। मेरी फीकी हँसी और असहजता को भाँपते हुए उसने कहा..

"भाई, समझ गया बुरा मत मानना यार मैंने ऐसे ही पूछा था"...

कोई नहीं भाई, हाँ यार थोड़ा पैसों को हिसाब-किताब बिगड़ गया था इसलिए",,,मैंने बात को अधूरी छोड़ते हुए कहा।

"अच्छा सुन मैं भी खाली हूँ। और नौकरी की तलाश के लिए कल ही लखनऊ निकल रहा हूँ। तू चाहता है तो चल वहाँ एक कंस्लटेन्शी कंपनी है। जो आपकी सैलरी का चौथाई हिस्सा लेती है और नौकरी

लगा देती है, चलना है तो बता?",,उसने बड़ी ही निश्चिंतता से यह बात कही।

मैं ऐसे फैसले के लिए तैयार नहीं था। और रह-रह मेरे मन में यह सवाल भी आ रहा था कि अधिकतर ऐसी कंसल्टिंग कंपनियां फ्रॉड होती हैं। लेकिन अमित की यह बात कुछ अलग थी। कंपनी अगर सैलरी का चौथाई हिस्सा लेगी भी तो क्या परेशानी है, सैलरी आने पर दे देंगे । लेकिन इस माध्यम से एक अच्छी नौकरी तो मिल सकेगी।

इसी उम्मीद के साथ मैंने बिना देरी किए हामी भरी और साथ चलने के लिए अमित को स्वीकृति दे दी...

यहीं से मंजिल की तलाश में एक सफर और शुरू होने जा रहा था और साथ में एक और मुसाफिर था-अमित। अब घर से दूर रहना भी मुझे मुनासिब ही लग रहा था। इसके दो कारण थे, एक तो यह कि मुझे कानपुर का माहौल अंदर ही अंदर कचोट रहा था;और मैं वहाँ से दूर रहना चाहता था। दूसरा, यह कि अब घरवालों से नजरें मिलाना भी शर्मिंदगी भरा था।

एक मिडिल क्लास परिवार में जब आप पच्चीस पार कर जाते हैं तो आपको जिम्मेदारी भरी नजरों से देखना शुरू कर दिया जाता है। आपका खालीपन आपको काटता हो या नहीं लेकिन घरवालों को जरूर कचोटता है। दरअसल, वे आपसे आशाएँ गढ़ाएँ रखते हैं। लेकिन जब उनकी उम्मीदें निराधार साबित होती हैं तब वे टूटना शुरू कर देते हैं और हम पर झुंझला उठते हैं जिसे हममें से अमूमन ताना समझते हैं। और मुझे इसी बात का डर था-लिहाजा मैंने शहर छोड़ने का फैसला किया।

दिसंबर, 2011.

गाड़ी लगभग साढ़े छह बजे लखनऊ सेंट्रल पहुँची। कुछ देर के इंतजार के बाद सुबह तकरीबन 7 बजे हम स्टेशन से निकले। हाथों को जेब में डाले अब हम उस ओर बढ़ रहे थे जिस उम्मीद से हम यहाँ आए थे। सिटी कॉपलेक्स पहुँचने में तकरीबन एक घंटे का समय लगा। पहुँचते ही हमने एक नाई जो किसी पेड़ के नीचे मसाज कर रहा था। उससे पूछा,,,

"भैया ये बिल्ड यू कंसलटेंटी कहाँ पडेगा"...

नाई ने आँखों के जरिए सामने रोड़ की ओर इशारा किया

"फॉर इंटरव्यूह",,,मसाज कराते व्यक्ति ने हमसे पूछा।

"हाँ",,,अमित ने कहा।

वह व्यंग्यपूर्ण हँसा और वापस मसाज के आंनद में मशगूल हो गया।

मुझे उसकी इस हँसी से थोड़ा संशय हुआ..

मन में बस यही चल रहा था कि कुछ फ्रॉड जैसा न हो, बस...

सुबह के नौ बजे थे। सिटी कॉपलेक्स में बस इक्का-दुक्का लोग ही दिख रहे थे। अमित और मैं वहीं सीढियों पर बैठ गए। सामने बस स्टॉप पर लोगों की भीड़ उमड़ी हुई थी। आती-जाती लोकल बस में लोग इस कदर भरे हुए थे मानो वही एक बस हो जो उन्हें लक्ष्य की ओर ले जाएगी। मुझे लगता था यह हाल बस दिल्ली और मम्बई का ही होता होगा। लेकिन नहीं इस फेहरिस्त में आज लखनऊ भी शामिल हो चुका था। सामने कुछ दूरी पर पराठों की खुशबू बारंबार हमारा ध्यान आकर्षित कर रही थी। लेकिन कहने में दोनों ही एक दूसरे से संकोच कर रहे थे। मगर कुछ देर बाद अमित ने कह ही दिया...

"यार, भूख लग रही है कुछ खा लेते हैं, सुबह से कुछ खाया भी नहीं है।"

हालांकि हम भूखे थे लेकिन मैंने इंटरव्यू का हवाला देते हुए मना कर दिया...

"ठीक है, पर पहले इंटरव्यू दे लेते हैं",,,मैंने हाथ में बँधी घड़ी की ओर देखते कहा।

अमित कुछ बुदबुदाते हुआ ग्रील पर जा बैठा...

मुझे मन ही मन हम दोनों की दयनीय स्थिति पर तरस भी आ रहा था और हँसी भी; अमित का चिड़चिड़ा होना स्वाभाविक था। लेकिन जेब में पैसे सीमित रखे थे; जिन्हें हमें काफी किफायत से खर्च करना था। मुझे मालूम था कि अब खा लेंगे तो दोपहर में फिर खाना पडेगा..इसलिए अब न खा कर मैं सीधा दोपहर में खाना चाहता था। न चाहते हुए भी मुझे अमित की भूख को मसोसना पड़ा।

तकरीबन दस बजे वहाँ कईं लोग इकट्ठा हो गए चारों और फॉर्मल ड्रेस पहने नवयुवक कॉलेज के कॉन्वोकेशन प्रोग्राम की याद दिला रहे थे। वहाँ के माहौल को देख अंदाजा लगाया जा सकता था कि हमारे देश में वाकई बेरोजगारी चरम पर हैं। और उन्हीं बेरोजगारों में दो शख्स और शामिल थे- मैं और अमित।

कुछ हमउम्र लड़के सभी का रिज्यूम इकट्ठा कर रहे थे; हमने भी अपना रिज्यूम सबमिट किया और टोकन ले अपनी बारी का इंतजार करने लगे...

सुबह जल्दी पहुँचने का हमें फायदा मिला,,,

ग्यारहवां नंबर मेरा और बारहवां अमित का था।

टॉकन नंबर ग्यारह...फेज वन में पहुँचे,,,मेरा टोकन नंबर अनाउंस हुआ।

मैं उठा और फेज वन की ओर बढ़ा...

चार बाय छह के केबिन जिसमें एक लेडी इंटरव्यूवर बैठी थीं।

"गुड़ मार्निंग मैम",,,

"वैरी गुड़ मार्निंग प्लीज़् हैव अ सिट" ,,,उसने मुझे बैठने का इशारा किया।

"हीयर्ज़ मॉय रिज्यूमे"..मैंने अपना रिज्यूम टेबल पर रखा।

"हम्म...यू लुकिंग वेल एजुकेटेड एंड एक्सपीरियंस्ड पर्सन",,,उसने रिज्यूम पर आँखे गड़ाते हुए कहा।

"यस मैम",,,मैंने हामी भरी

"आके वी'अर ऑफरिंग यू सेन्सा सॉफ्टवेयर लिमिटेड इन डेली, लोकेशन वुड भी बेटर फॉर यू और नॉट",,,उसने एक इंग्लिश सेंटेंस में यह बात कही।

"एंड मैम वट् वुड वी माय सैलरी पैकेज?",,,मैंने काम का सवाल किया।

"वट् डू यू एक्सपेक्ट?,,,उसने मेरे सवाल में से सवाल निकालते हुए कहा।

"मैम एकोर्डिगं टू मॉय एक्पीरियंस- इट शुड बी - 45 टू 50 थाउजेंड पर मंथ"।

"ओके",,,मैम ने स्माइल पास करते हुए हामी भरी....

पैंतालीस हजार तनख्वाह कम नहीं थी। मैं अंदर ही अंदर खुश हो रहा था। पर एक सवाल हजम नहीं हो रहा था कि- मैम ने जब कोई सवाल नहीं पूछा तो वह मुझे लेकर इतना इंश्योर कैसे हो सकती हैं। खैर, यह भी जल्द ही पता चलने वाला था...

"एकोर्डिंग योर सैलरी यू हैव टू पे, 12 थाउजेंड",,,,उसने कंपनी का कमीशन बताया।

"ओके, मैम आई विल",,,,मैंने आश्वासित करते कहा।

ठीक है! आप रजत जी को पे कर दीजिए और कल आकर अपना ऑफर लेटर ले लीजिए।

"पर मैम मैं अभी कैसे पे कर सकता हूँ , वो जब सैलरी मिलेगी तब मैं दे सकूँगा",,,मैंने बड़ी ही नम्रता से स्वाभाविक सवाल किया।

यस वी अंडरस्टैंड...वट् योर ज्वाइनिंग इन डेली..देन लेटर इट् विल वी कॉम्पलिकैटिड् फॉर वोथ ऑफ अस..वी रनिंग अ कंपनी सो डोन्ट वरी अवाउट यॉर ज्वाइगि...काईंडली सब्मिट योर कंस्लटेंशी फी टू रजट...

(Yes, we understand..but after your joining in delhi.. it will be complicated for both of us as you know, and do not worry about your joining, we are here for you, so kindly submit your consultancy fee to Mr. Rajat)

"ओके",,,,मैंने जवाब दिया और बाहर आ गया..

बारहवां टोकन एनांउंस हुआ...

मैंने अमित को बाहर खींचा और बस यही कहा.... "साले कट गया है हमारा, ये फ्रॉड है। सांड जैसे हो रहे हैं और इस तुच्चे से झांसे में आ गए। चुतिया बना रहे हैं ये सब यहाँ बैठ के। भला कोई तीसरा बंदा किसी कंपनी के एंप्लॉय की सैलरी तय करता है क्या!,,नहीं न लेकिन ये कर रहे हैं, वो भी एक रिज्यूम के आधार पर,,,बारह हजार मिल जाएँगे फिर जाते रहो दिल्ली और फिर करते रहो इन्हें कॉल न ये उठायेंगे न जवाब देंगे...सख्त कानूनी कार्रवाई होनी चाहिए इन जैसो पर"...

अमित मेरे गुस्से में कहे लफ्जों को सुनता रहा। और अंत में कहा..

...पर यार लेकिन क्या पता नौकरी लग ही जाती..

"हाँ तो तू दे दे 12 हजार रुपये और लगवा ले नौकरी",,,मैंने आग बबूला होते कहा।

हाहाहाहा...वह हँसा और कहा चल कोई नहीं इस बहाने लखनऊ तो घूम लिया

हम्म, शास्त्रों में इसे ही संतोष कहा जाता है- मैंने उसकी ओर गर्दन हिलाते हुए कहा।

अब निकलना है यार यहाँ से..

पर कहा..

नए सफर की ओर..

हाहाहाहा...साले तू हार नहीं मानेगा,,, अमित ने मुझे थपथपाते कहा।

"हाँ तो क्या करूँ कोई रास्ता भी तो नहीं है और न इतना चालू कि कहीं से भी जुगाड़ कर कमा लूँ",,,मैंने उसकी ओर व्यंग्यपूर्वक देखकर कहा।

"हाहाहाहा",,,,लेकिन मुझे पता है तू एक दिन जरूर कुछ करेगा।

"हाँ-हाँ चल कर लिया, चल अब पराठे खाते हैं साला भूख लग रही है जोर से। खाली पिली तुझ पर विश्वास कर लिया",,,मैं बोतल से पानी पीते हुए बोला।

हाँ-हाँ कॉल तो जैसे मैंने किया था न तुझेठ,,,.उसने पराठे का ऑर्डर देते हुए मुझ पर व्यंग्य किया।

वाकई ये बात उसने बिल्कुल सही कही थी, मैं बस गर्दन हिलाकर रह गया

चल छोड़...

"सुन अबकी दिल्ली चलते हैं वहाँ मेरा एक दोस्त है संदीप उसी के साथ कुछ करेंगे, चलेगा तो बता, और वैसे भी हम नौकरी क्यों करें जब हमारा नौकरी में मन ही नहीं है" ,,अमित पराठे की प्लेट मेरी ओर बढ़ाते हुए बोला।

मुझे अमित की बात सुन बहुत गुस्सा आया, लेकिन मैं बस उसका घूंट भर कर रह गया क्योंकि मेरे पास आगे के सफर के लिए विकल्प ही नहीं था...

मैंने पराठे का गस्सा मुँह में रखते हुए हामी भर दी।

हम दोनों लखनऊ के नवाबों और उनके लखनवी अंदाज का स्वाद चख चुके थे। लेकिन अब अगला सफर दिल्ली से शुरू

होने वाला था।

अबकी हाथ दिल्ली में आजमाना था...

14
दिल्ली: डरना नहीं, बढ़ना है

दिल्ली: डरना नहीं, बढ़ना है

साल - 2012, जनवरी - दिल्ली शहर

अमित के साथ मेरा अगला सफर जारी रहा लेकिन दिल्ली। दिल्ली जो लखनऊ से बिल्कुल अलग थी। लखनऊ के मुकाबले चौगुनी चहल-पहल और चौगुने रोजगार। लेकिन यह दिल्ली कुछ यूँ भी अलग थी क्योंकि लूट और चोरी चकारी के मामले में यह शहर हमेशा से ही अव्वल रहा है। इसके इतिहास की बात करे तो कहना गलत नहीं कि पहले मुगलों ने कईं दफा और बाद में अंग्रेजों ने दिल्ली को बखूबी लूटा है। और अभी भी पांडवों की बसाई यह दिल्ली लगातार लुटी जा रही है। कभी बस और मेट्रो में तो कभी रेलवे स्टेशनों पर। कभी ओटो वालों से तो कभी होटल वालों से। यह दिल्ली यूँ ही लुटती और सँवरती रही है। इसलिए यहाँ हर अनजान मुसाफिर को चौकन्ना रहना पड़ता है।

गाड़ी तकरीबन सुबह छह बजे आंनद विहार रेलवे स्टेशन पहुँची..

अमित और मैं बिना सहारे और उम्मीद के प्लेट्फार्म तीन पर उतरे लेकिन उस भोर कुछ नजरें हमें तलाश रही थीं...

कहाँ सर,होटल, ओटो,, इस तरह की कई अनजान सी आवाजों न हमारा रास्ता रोका।

स्टेशन से थोड़ा दूर हम बस अड्डे की ओर बढ़ ही रहे थे। तभी किनारे पर स्टॉल लगाए शख्स पर मेरी नजर पड़ी। वहाँ देखा तो एक

पच्चीस छब्बीस साल का हमउम्र सभ्य सा लड़का कुछ टेम्पलेट्स लेकर खड़ा था। हमें देख वह तेजी से हमारी ओर लपका...

"हैलो सर, कॉलेज एडमिशन, इवेंट के पास, हॉटल कोई खास या रोजगार की तलाश",,,वह एक वॉकर के लहजे से बोला।

हालांकि अमित और मैं दूसरों की तरह इसे भी नजरअंदाज करने वाले थे। लेकिन इवेंट का नाम सुन मेरे मन में कौतूहल हुआ। अचानक से मुझे मेरे इवेंट की याद आ चली और जिज्ञासा से पूछ ही बैठा..

इंवेट के पास यानी,,,मैंने उसके हाथों में टेम्पलेट्स पर नजर गढ़ाते कहा।

"सर, इवेंट यानी दिल्ली में कहीं भी कोई भी इवेंट हो रहा होगा वहाँ तक हम आपको पहुँचाएंगे, प्री से पोस्ट बुकिंग सब होगी यहाँ पर..आप थोड़ा आगे तक चलिए मैं आपको पूरा प्रोसेस समझा देता हूँ।",,,उसने अपना रट्टा-रटाया जवाब दिया।

"किस तरह की इवेंट्स होंगे ये",,,मैंने फिर पूछा।

"सर, कोई भी स्टडी से लेकर स्टूडियो तक, डिस्क से लेकर रिस्क तक सभी जो आप चाहते हैं",,,उसने जवाब दिया।

"ये रिस्क क्या?",,,मैंने सवाल किया।

तभी अमित ने उसे वहीं थामते कहा...चल, चल...बस इतना ही पूछना था...

चलिए न सर, आप एक बार चलिए तो समझाता हूँ अच्छे से। अच्छा..जॉब चाहिए आपको या कॉलेज में एडमिशन कराना है..अच्छा दिल्ली में कहाँ जाना है ऑटो करा दूँ,,, वह ये सब कहता-कहता पीछे चल ही रहा था कि इतने में अमित ने गुस्से में कहा..

"ओ जॉब का नाम न ले किसी और को चुतिया बना चल, अभी लखनऊ से कटवा कर आ रहे हैं और अब पीछे आए तो देंगे दो खिंचा के यही जमीन चाटते नजर आओगे, समझे..चलो पीछा छोड़ो निकलो यहाँ से।"

जब उसे लगा कि दाल नहीं गलेगी तो वह वापस चला गया...

हम कुछ देर तक बस स्टैंड पर बैठे रहे। अमित चाय के दो कप लाया और एक पकड़ाते हुए बोला,,,, "भाई ये चाय न हो तो मेरा तो माथा ही फट जाए"

मैंने उसकी बात पर कोई खासा ध्यान नहीं दिया मैं अभी भी उस इवेंट के बारे में ही सोच रहा था जो मुझे वह लड़का बता रहा था...

"अरे! पकड़ भाई गर्म है",,,अमित ने चाय का कप मेरी ओर बढ़ाया और पूछा हाँ अब बता क्या सोचा है तूने।

"जॉब तो तू करेगा नहीं, तो बता करना क्या है तुझे",,,,उसने एक गहरी सांस लेकर पूछा।

"कुछ भी कर लेंगे- और कुछ नहीं फिलहाल तो तूने मुझे लखनऊ घुमाया और अब दिल्ली घूमा रहा है",,,मैंने अचानक एक ठहाका मारा और चाय की पहली चुस्की ली और फिर सोचते हुए बोला..

कुछ दोस्त हैं दिल्ली में उन्हीं से मिलेंगे, शायद तभी कुछ बात बने...

"कौन से दोस्त?",,, अमित ने हैरत से पूछा।

"हैं भाई, चर्चे है अपने हर जगह",,,मैंने अबकी फिर हँसते हुए कहा और फिर थोड़ा गंभीर हो कुछ सोचते हुए बोला।

"यार अगर आगरा की बजाय दिल्ली में इवेंट करता तो कितना ठीक रहता। एक बड़ा मेट्रो शहर जहाँ दिल्ली के सत्तर कॉलेज के अलावा अलग-अलग प्राइवेट यूनिवर्सिटीज हैं और उनके अनगिनत स्टूडेंट्स, सच में प्लान को फ्लॉप होने से बचाया जा सकता था"...

क्यों! ठीक कहा न...मैंने अमित की ओर भौं चढ़ाते हुए कहा।

"देख, इसके लिए तजुर्बा काम करता है कभी भी इतना बड़ा कदम उठाने से पहले सोचना था तुझे। और सबसे जरूरी बात उस इवेंट में मैं नहीं था और अगर मैं होता तो पक्का वो इवेंट फैल नहीं होने देता",,,अमित ने अपनी महत्वत्ता और समझदारी का बखान करते हुए कहा।

"क्या तुझे नहीं मालूम कॉलेज टाइम में मैंने कितने इवेंट्स आर्गनाइज कराए हैं भूल गया क्या",,,,मैंने भी अपने अनुभवी होने का सबूत पेश किया।

“लेकिन वहाँ कॉलेज वालों का सपोर्ट था, लेकिन जहाँ तूने इवेंट किया वहाँ न तो कोई सपोर्ट था और न ही कोई बेकअप और सबसे जरूरी मैं भी नहीं था”,,,अमित ने फिर अपनी महत्वत्ता नत्थी की।

न जाने क्यों लेकिन उसके मुहँ से निकली यह बात मुझे पहली दफा सार्थक लग रही थी। भले ही उसने अपना बखान किया लेकिन उसने कुछ गलत भी नहीं कहा था। वाकई वह होता तो मुश्किल घड़ी में सब हैंडल कर सकता था। मैं उसे यूँ ही समझता आ रहा था। लेकिन आज उसके साथ ये गंभीर बातें करके न केवल उसकी दक्षता का अनुभव हुआ बल्कि उसकी महत्वत्ता का अनुभव भी किया। उसने मुझे मेरी गलती का एहसास करा यह साबित कर दिया था कि किसी भी काम में जल्दबाजी आपकी सफलता का कारण कभी नहीं बन सकती...

“हम्म, शायद तू सही बोल रहा है”.,,,मैं थोड़ा सोचते हुए बोला।

लेकिन इसके तुरंत बाद उसने जो बात कही उसे सुन मुझे अपने भीतर एक नई ऊर्जा का एहसास हुआ...

“सुन, लेकिन अब पीछे मत हटना जब कदम आगे बढ़ाया ही है तो पीछे की ओर क्या देखना... और हाँ किसी पर निर्भर मत रहना। फिर भले ही मैं ही क्यों न हूँ। अकेला आगे बढ़, लेकिन बढ़ जरूर कहीं न कहीं किसी न किसी मुकाम पर तो जरूर पहुँचेगा। मुझे देख मैंने हर समय इधर-उधर बिताया है कभी आगे बढ़ने की कोशिश नहीं की। नतीजतन आज मैं राह सुनिश्चित नहीं कर पा रहा हूँ, इसलिए दोस्त बढ़ते रहना खाली बैठने से बेहतर विकल्प है”...

अमित ने यह बात दिल से कही थी या अनजाने में कुछ भी हो सकता है। लेकिन उसकी इस बात ने दिल जीत लिया। हालांकि वह अभी भी इस बात से अनजान था कि कि बातों ही बातों में वह एक बड़ी बात बोल चुका है”,,, खैर मैंने एक ठहाका मार उसकी प्रवचन टाइप बात का जवाब देते यही कहा..

“तू रहने दे बे! भाई बातों से कहीं मोटिवेशन नहीं आता। देख, कदम बढ़ाने के चक्कर में कमाई हुई सारी सेविंग धूल हो गई ऊपर से कर्ज में दबा वो अलग”...

भले ही यह बात मैंने मखौल में कही थी। पर इस बात ने मुझे सोचने पर मजबूर कर दिया था कि क्या वाकई मैंने हर फैसला जल्दबाजी में लिया है! मैं इसी असमंजस स्थिति में सोच-विचार कर ही रहा था कि अचानक एक अनजान आवाज ने मेरी स्तब्धता तोड़ी...

"सर, ईस्ट पटेल नगर बस नबर- 85

गारंटीड जॉब मिलेगी",,,बाकी कमीशन भी तभी देना जब हाथ में पैसा आ जाए।

मैंने बराबर में देखा तो वही स्टॉल वाला लड़का खड़ा था...

"भाई, हमारे लिए समय न खराब कर हम जॉब की तलाश में नहीं है, और वैसे भी तुम यहाँ हमें जॉब देने क्यों बैठे हो! इतना तो भला आज के समय में कोई नहीं है....जरूर इसमें कोई न कोई तिगड़म होगी ",,,अमित ने अबकी नम्रता से कहा।

"सर, मैं यहाँ कोई फ्रॉड या जालसाज करने नहीं बैठा हूँ। जाहिर है कोई भी नवयुवक यहाँ किसी न किसी तलाश में ही आता है। और आप तो (मेरी ओर इशारा करते हुए) ऐसे लग रहे हैं जैसे खुद को बनाते-बनाते और बिगाड़ चुके हैं। यही होता है सर खुद को आकार देने के लिए पहले मथना पड़ता है तभी आप अपनी मंजिल की ओर बढ़ पाते हैं। लेकिन उसमें भाग्य भी एक बड़ी भूमिका अदा करता है और जब तक भाग्य साथ नहीं देगा तब तक आपका समय और मेहनत दोनों यूँ ही खराब होते रहेंगे।"

अबकी वह गंभीरता से एकटक बोले जा रहा था....

"क्या भाई तुम तो बिल्कुल साधु टाइप आदमी निकले",,,अमित ने मेरी ओर देखते कहा।

"सर पढ़ा लिखा तो नहीं हूँ और न ही इतनी उम्र की खुद को अनुभवी कह सकूँ। हाँ इतना है कि आप जैसे मुसाफिरों को अक्सर देखता हूँ तो उन्हीं के हालात से अनुमान लगाना आसान हो जाता है। ये दिल्ली है यहाँ लोग निखरते कम और बिगड़ते ज्यादा हैं। शौक और ठाठ आपको दिल्ली में मिल सकते हैं, हर तरह के शौक- वो भी जिनका लुत्फ लोग अक्सर बैंकॉक जाकर उठाते हैं।

इंसान को दिल्ली दो चीजें खींचकर लाती हैं-पहला जॉब और दूसरा शौक। दिखने में तो लगता है शौक आप करते नहीं होंगे, पढ़े लिखे लगते हैं। अनुभवी भी दिख रहे हैं। तो मैं यही अनुमान लगा सकता हूँ कि आप लोग दिल्ली किसी मजबूरी में आए हो। तब जब सारे रास्ते बंद हो चुके होंगे..”

वह लगातार हमें यह बातें बताता जा रहा था। अमित जो अभी तक उसे केवल सड़क छाप समझ रहा था अब उसे उसमें उससे ज्यादा काबिलियत और हुनर नजर आने लगा था। वह अनजान सा शख्स इतने अच्छे ढंग से हमारी खासतौर से मेरे बीते अनुभवों की असलियत को बता रहा था मानो उसे हमारे अतीत का हरेक अंश पता हो।

आखिर अमित से स्तब्धता तोड़ी और उसने बस की ओर इशारा किया...

लेकिन मेरा मन अभी भी उसे सुनना चाह रहा था। उसके बोलने के लहजे में एक पढ़ा लिखा हुनरदार व्यक्ति छिपा था। लेकिन मन इस संशय में था कि आखिर इतना अच्छा वक्ता यहाँ रेलवे स्टेशन पर कर क्या कर रहा है!

“यार, तुम इतने अनुभवी हो। तुम जानते हो कि किस व्यक्ति को क्या परेशानी हो सकती है या फिर वह किस तलाश में यहाँ आया है तो फिर इतनी सुबह यहाँ क्या कर रहे हो, तुम एक अच्छी जॉब पा सकते हो”,,,मैंने कौतूहल से पूछा।

“सर, आप यहाँ घूमने तो नहीं आएं हैं न! कुछ न कुछ तो करेंगे ही सो समझ लीजिए मैं भी आप ही की तरह कुछ न कुछ कर ही रहा हूँ”,,,लड़के ने हाथ में पकड़ी इश्तिहार की गद्दी में से एक पेज देते कहा।

“देखो यार हम पढ़े लिखे हैं। बावजूद इसके हम लखनऊ गए और वहाँ हमने सब फ्रॉड पाया; हम नहीं जानते कि यह धोखा हमारे साथ दोबारा होगा या नहीं लेकिन इतना जरूर है कि अगर हमें वाकई जॉब की जरूरत होती तो हम तुम पर भी विश्वास कर लेते। लेकिन हमें फिलहाल वाकई कोई तलाश नहीं है”,,,मैंने अबकी पीछा छुड़ाने के ढंग

से कहा।

लड़का मुस्कुराया और वापस चला गया...

लेकिन आज मुझे इस बात का आभास हुआ कि किसी न किसी व्यक्ति में कोई न कोई कमी जरूर होती है। कोई बात अच्छी कर सकता है तो पढ़ा लिखा नहीं होता। और अगर कोई पढ़ा-लिखा है भी तो वह बातें बनाने में निपुण नहीं है। और अगर कोई दोनों में सक्षम है तो उसे उसका भाग्य यानी किस्मत ऊपर नहीं उठने देती। हाँ, मैं इस बात से सहमत था। लेकिन फिर भी मुझे किस्मत को लेकर थोड़ा संशय था। यह बात मेरे गले नहीं उतर रही थी कि आपका भविष्य आपके भाग्य का मुरीद है। मेरा मानना था भाग्य आपके परिश्रम पर आश्रित रहता है। आपका भाग्य कितना ही खराब क्यों न हो लेकिन आपकी कोशिशों और आपके संघर्ष के आगे उसे झुकना ही पड़ता है। भाग्य तो महज एक लिहाफ है जिसे ओढ़ इंसान मेहनत करने से बचना चाहता है या फिर अपनी कमियों का दोष भाग्य पर मढ़ देना चाहता है। खैर, मेरा एक नया सफर दिल्ली में शुरू हो चुका था।

15
दिल्ली- दर-ब-दर

दिल्ली- दर-ब-दर

साल - 2012, जनवरी - दिल्ली शहर

दिल्ली से कुछ दूर गाजियाबाद का वसुंधरा हमारे ठहरने का स्थान बना। अमित अक्सर संदीप से मिलने नोएडा जाता रहता। संदीप नोएडा की किसी टेलीकॉम कंपनी में जॉब किया करता था। अमित उसके साथ मिलकर किसी न किसी काम से संबंधित जुगाड़ में लगा ही रहता। मैं अक्सर इन सबसे अलग अमित और स्टेशन पर मौजूद उस लड़के की बातें याद करता रहता-मेहनत, लगन, समय और अंत में किस्मत। सफल होना आसान नहीं है लेकिन इतना कठिन भी नहीं जितना हम सोचते हैं।

इस बीच कभी-कभार मैं उन दोस्तों से भी मिलता जो दिल्ली में या तो जॉब करते या फिर बिजनेस। इनमें से कुछ फेसबुक के जरिए जुड़े थे, कुछ कॉलेज से थे तो कुछ वे क्लाइंट्स जो बाद में एक बेहतर दोस्त साबित हुए। इसी फेहरिस्त में सुनिल जी भी थे। जिन्होंने मुझे अपनी कंपनी के साथ काम करने का फिर अवसर दिया...

एक रोज अमित और संदीप बड़े उत्साहित होकर घर आए...

वे दोनों आते ही मेरी ओर लपके और कहा...

“सुन, संदीप और मेरे पास आगे के लिए एक बेहतर प्लान है”,,,अमित बताते हुए बहुत ही उत्साहित था-वह आगे बोला...

देख, हमें बस कुछ पैसे इन्वेस्ट करने पड़ेगे और मैं यह बात गांरटीड़ कह सकता हूँ कि यह बिजनेस पक्का चलेगा। उसका यह उतावलापन देख एक बार तो मुझे संशय हुआ। लेकिन जिस कॉन्फिडेंस के साथ वह बता रहा था तो लगा वाकई इसके दिमाग में एक तगड़ी खिचड़ी पक रही है।

इसके बाद अमित और संदीप दोनों ने मिलकर मुझे पूरे प्लान की रूपरेखा समझाई...

"देख, मोबाइल टावर दिन पर दिन बढ़ रहे हैं, ऐसे में अगर हम भी इनके टेंडर में भाग लें तो हो सकता है कि यह बिजनेस चल जाए क्योंकि अब एक नई संचार क्रांति का दौर शुरू होने जा रहा है और इस बात की गारंटी है कि अब जरूर तकनीक नया और विस्तार रूप लेने जा रही है। मौका अच्छा है हमें इसे हाथ से नहीं जाने देना चाहिए",,,अमित ने पूरी प्लानिंग बताते कहा।

दरअसल, यह वह दौर था जब 2 जी स्पैक्ट्रम का बोलबाला हर जगह था। और यही कारण था कि हर मोबाइल कंपनी नेटवर्क की बेहतर सुविधा के लिए जगह-जगह टॉवर लगाने पर ज्यादा ध्यान दे रही थी। अब क्योंकि टॉवर्स इंस्टॉल हो रहे थे तो इनके मैंनटिनेंस के लिए आर.एफ इंजीनियर और रिगर्स की भी जरूरत पड़ रही थी। आर.एफ यानी रेडियो फ्रीक्वेंसी इंजीनियर जो आमतौर पर टॉवर्स के सिग्नल की देख रेख करते हैं और कुछ गड़बड़ी पाए जाने पर रिगर्स द्वारा उन्हें ठीक कराते हैं।,,और यही हमारे प्लान के मुख्य हिस्सा थे।

संदीप पहले से ही एक टेलीकॉम कंपनी में काम कर रहा था इसलिए उसे इस क्षेत्र की हर तकनीकी जानकारी थी। उसे पता था कि कैसे और कहाँ से आरएफ इंजीनियरों और रिगर्स को अरेंज किया जा सकता है। वहीं दूसरी ओर अमित ने भी टेलीकॉम कंपनी का अच्छा खासा अनुभव हासिल किया हुआ था।

उन दोनों की बातों और प्लानिंग के हिसाब से लग रहा था कि ये प्रैक्टिकल बात कर रहे हैं। इस काम में सफल होने की बहुत संभावना थी। लेकिन कोई भी काम बगैर पैसों के शुरू नहीं किया जा सकता

था...

मैं यह सवाल करने ही वाला था कि अमित ने तुरंत टोका...

“यार देख पता है तू यही कहेगा कि इन्वेस्टमेंच कैसे करेंगे, एम्पलॉइज़ को सैलरी कैसे देंगे। देख, हमने पूरा अनुमान लगा लिया है। रिगर्स की सैलरी और तमाम शुरुआती खर्चे मिलाकर हमारे लगभग ढाई लाख रुपये खर्च होंगे। दो लाख तो मैं और संदीप देख लेंगे। लेकिन बाकी का तू एडजस्ट कर लेना,,,अमित बड़ी गंभीरता से कहता जा रहा था।

और देख, फिर इसके बाद आगे जो भी इंवेस्टमेंट होगी उसमें हम तीनों की पार्टनरशिप हमारे इन्वेस्ट किए हुए पैसों के अनुसार होगी। बाकी हम मिलकर कंपनी का नाम भी सोच लेते हैं, ठीक है”,,,.

अमित ने मेरे सारे सवालों के जवाब देते कहा। यही नहीं उसने मेरी राह जाने बगैर मुझे इस स्टार्टअप का भागीदार भी बना दिया था।

“अच्छा ठीक है! लेकिन पैसा क्या अभी लगाना है पहले बाकी का काम तो करें ,फिर देखते हैं”,,,मैंने खुद को दुविधा में डालते हुए कहा।

चल तो ठीक है! डन...

उसका यह वाक्य सुन ऐसा लगा मानो अमित मेरी दुविधा को मेरी हाँ समझ रहा है...

हमारे पास क्लाइंट्स की लिस्ट तो थी। लेकिन सवाल था कि प्रोजेक्ट उठाने के लिए कौन उनसे डील करे! आखिरकार इस चुनौती को मैंने स्वीकारा, अमित मेरे अनुभव से अनजान नहीं था उसे मेरी काबिलियत पर पूरा भरोसा था। लिहाजा मेरी हाँ करते ही दोनों निश्चिंत हो गए।

मेरा सबसे पहला कदम एक प्रेजेंटेशन तैयार करना था ताकि हम उसे क्लाइंट को प्रजेंट कर सके। और यह मेरे लिए बाएं हाथ का खेल था। रात भर हम तीनों ने रिसर्च कर सबसे पहले पीपीटी तैयार करने का फैसला किया। इसी तरह अगले एक हफ्ते तक हमने कंपनी के नाम से लेकर, पार्टनरशिप डीड, बैंक अकाउंट, वेबसाइट और विजिटिंग कार्ड तैयार करवा लिए थे।

टेलीकॉम कंपनी एयरटेल से प्रेरक होकर हमने कंपनी का नाम एमटेल (AM-TEL)रखा। वेबसाइट, वीजिटिंग कार्ड्स और ब्रोशर आदि का काम संदीप ने संभाला और टेलीकॉम कंपनियों से इंटरएक्शन करने का जिम्मा मैंने और अमित ने संभाला। हमने काम बांट लिए थे। लगभग एक ही हफ्ते में कंपनी का लगभग नब्बे प्रतिशत काम हो चुका था। अब बस दस प्रतिशत काम बाकी था और उस दस प्रतिशत में शामिल थे हमारे इनपुट्स यानी इंजीनियर जो क्लाइंट्स को सर्विस दे सके।

सब तैयारियों के बाद हमने कंपनियों से कांटेक्ट करना शुरू किया। लगभग दो-तीन विजिटिंग के बाद आखिर एक कंपनी से हमें सकारात्मक प्रतिक्रिया मिली जिसने हमारे भीतर एक नए उत्साह और उम्मीदों को जन्म दे दिया था। उन्होंने हमें प्रोफाइल मेल करने के लिए कहा। हमने बिना देरी किए तुरंत अगले ही दिन अपना पोर्टफोलियो मेल कर दिया जिसमें कंपनी ब्रोशर, कॉस्ट एस्टीमेट के साथ-साथ हमने कंपनी की आरएफ और रिगर्स टीम के अनुभव और स्किल्स को भी मेन्शन किया।

इसके दो दिन बाद उन्होंने रिस्पांस किया और दोबारा विजिट कर वेंडर रजिस्ट्रेशन करने के लिए कहा। साफ था कि अब हमें कॉन्ट्रैक्ट लगभग मिल ही चुका था...

इन सब के बाद हमारे लिए सबसे बड़ी चुनौती यह थी कि-कंपनी से हमें लगभग साठ दिन बाद पेमेंट मिलती जबकि रिगर्स और इंजीनियर की टीम को तीस दिन बाद सैलरी देनी थी।

इस बार अमित ने बड़ी उम्मीद से मेरी ओर देखा मानो कह रहा हो- भाई कर देगा न इंतजाम!

मैंने उसकी मनोदशा को ताड़ते हुए कहा-

“यार देख अमित तू मेरी स्थिति से अनजान नहीं है। लेकिन अब तुम लोग इतना कर रहे हो तो इतना फर्ज तो मेरा भी है। ठीक है, मैं करता हूँ। फिलहाल तुम काम जारी रखो”,,,मैंने उन्हें आश्वस्त किया लेकिन एक नई चिंता के साथ...

खैर, हमने किसी तरह अपने छोटे से बिजनेस की पहल करते हुए टेलीकॉम क्षेत्र में अपना कदम रख दिया था...

***

हमारे शुरुआती दो प्रोजेक्ट बहुत ही बेहतर ढंग से चल रहे थे। अब हमारा काम प्रोजेक्ट पकड़ना भर रह गया था। बाकी का काम हमारे रिगर्स और आरआफ की टीम ही संभाल रही थी। हमारी कंपनी के इंजन को रफ्तार मिल चुकी थी अब बाकि काम गाड़ी को कंट्रोल करना था जो हमारे एप्लॉइज़ कर ही रहे थे।

निशांत और संदीप दोनों क्योंकि एक ही फील्ड से थे तो वे दोनों टीम को मैंनेज करने में व्यस्त रहते...

इस बीच दिल्ली में मेरे क्लाइंट रहें सुनिल जी के साथ मेरा काम जारी रही। सुनिल जी दिल्ली से ही थे और मुझसे 'द प्रीटेन्शस' के माध्यम से मिले थे। दिल्ली आने के लगभग एक हफ्ते मैं उनसे मिला। सुनिल जी मेरे क्लाइंट थे लेकिन बाद में हम एक अच्छे दोस्त में बदल गए।

कॉलेज समय में सुनिल जी और मेरी मुलाकात एक प्रोजेक्ट को लेकर हुई थी जिसमें उन्हें आईटी से संबंधित कुछ वेबसाइटें तैयार करवानी थीं। इसे उनका बड़प्पन कहें आ फिर प्रोत्साहन; लेकिन जब भी मेरा काम पूरा होता तो वह बस एक ही लाइन कहते...मुझे दिल्ली में तुम जैसे लड़कों की ही जरूरत है। उनसे यह प्रशंसा सुन मैं बस फीकी हँसी हँसकर रह जाता, वह मुझसे काफी हद तक प्रभावित थे।

दिल्ली पहुँचने के कुछ दिनों बादमैंने उन्हें कॉल किया...

कुछ देर घंटी बजने के बाद फोन उठा।

"हेलो!, सर, सुनिल जी बात कर कर रहे हैं?"

"जी, कहिए,,, उधर से एक जानी-पहचानी आवाज आई।

"कैसे हैं सर,..!"

"जी, ठीक ! पर सॉरी मैंने आपको पहचाना नहीं!",,, उन्होंने कहा।

"सर,, क्या अभी भी दिल्ली में मेरे जैसे लड़कों की जरूरत है!",,,मैंने उन्हें कुछ याद दिलाते हुए कहा>

“हाहाहाहा”,बिल्कुल!”,,,वह पहचान चुके थे।

“कैसे हो रोहन”,,,उन्होंने मेरी खैरियत पूछी

“जी, ठीक”...

इससे पहले की मैं उनसे कुछ कहता उन्होंने तुंरत मेरे मन की बात कह दी..

“सुनो! अच्छा हुआ तुमने मुझे कॉल कर लिया। मुझे अभी भी तुम्हारी जरूरत है ,बाकि बातें मिलकर करेंगे”

जी, सर...

सुनिल जी का स्वभाव बेहद शांत और सरल था। वह उन व्यक्तियों में से थे जो परिस्थितियों को न तो सहजता से लेते हैं और न ही गंभीरता से। उन्हें हर स्थिति में संभलना और संभालना दोनों आता था और यही कारण था कि आज सुनिल जी अपने ख्वाब को हकीकत का रूप दे चुके थे...

‘एल्पाइन-सॉफ्ट’ आज एक बहुत बड़ी कंपनी बन चुकी थी। आज जब सुनिल जी से मिला तो मालूम हुआ कि वह इसी कंपनी का ख्वाब देखा करते थे। उनकी कंपनी देश के कोने-कोने से लेकर विदेश के कईं क्लाइंट्स को आईटी सेवाएँ प्राप्त करा रही थी। इस कंपनी में उनके एक अन्य पार्टनर अशोक जी की भी हिस्सेदारी थी। दोनों ही क्लाइंट्स से मीटिंग करने में व्यस्त रहते। और यही कारण था कि उन्हें एक आई टी एक्सपर्ट की जरूरत थी जिसकी जिम्मेदारी वो मुझे सौंपना चाहते थे। जिस पद को भी मैंने सहर्ष स्वीकारा...

सुनिल जी भले ही अपनी काबिलियत और मेहनत के बूते एक बेहतर मुकाम पर जा पहुँचे थे। और मैं भी इस बात के लिए गौरवान्वित हो रहा था कि सुनिल जी की कंपनी की नींव गढ़ने में मैंने भी एक बड़ी भूमिका अदा की थी। इस बात का पता सुनिल जी को भी बेहतर ढंग से था इसी परख और विश्वास से मुझे आज यह जिम्मेदारी सौंपी गई थी।

जब मैं उनसे मिला तो उन्होंने मुझसे कुछ नहीं पूछा ऐसा लग रहा था मानो सुनिल जी ने यह पहले ही निश्चय कर लिया था कि अब मैं उनके साथ ही काम करूँगा...

16

थोड़ा सा रिस्क, थोड़ा सा इन्वेस्टमेंट

थोड़ा सा रिस्क, थोड़ा सा इन्वेस्टमेंट

साल - 2012, गाजियाबाद शहर

हमारी कंपनी एम-टेल की ग्रोथ और इनकम दोनों बढ़ने लगी थी और इसलिए मैं पैसे इन्वेस्टमेंट करने में इतना सोच-विचार नहीं कर रहा था। क्योंकि प्लान के मुताबिक हमारी कंपनी को आने वाले समय में कोई घाटा नहीं होने वाला था। थोड़ा सा रिस्क और थोड़ा इन्वेस्टमेंट हमारी कंपनी का आधार था। उस समय मेरी खुशी का कोई ठिकाना नहीं रहा था। लेकिन जल्द ही कुछ ऐसा होने वाला था जिसकी उम्मीद हमने कभी नहीं की थी-

"जल्द ही 2जी घोटाला हमारे सामने आने वाला था।..."

कंपनियाँ शिथिल पड़ने लगी थीं और देश के हर हिस्से में कांग्रेस की थू-थू हो रही थी। मालूम हुआ कि सरकार द्वारा एक ही स्पेक्ट्रम कई कंपनियों को बेचा गया था। हालांकि, मामले की तफ्तीश 2010 से चल रही थी लेकिन जब पुष्टि हुई तो साल 2012 में सुप्रीम कोर्ट ने सभी स्पेक्ट्रम लाइसेंस कैंसिल कर दिए। इससे टेलीकॉम कंपनियों को एक बड़ा झटका तो लगा ही साथ हमें भी एक गहरा धक्का लगा।। यह हमारे लिए ठीक वैसे ही था मानो किसी भटके राही को किनारा दिखा तो सही लेकिन तभी उसकी नाव बीच मझधार में ठहर गई हो-

जहाँ से न पीछे जाया जा सकता था और न ही आगे। मेरी निराशा का कोई छोर नहीं रहा। उस दौरान 2 जी घोटाला पूरे देश और दुनिया के सामने था। इस पूरे मामले में तकरीबन एक लाख चौहत्तर करोड़ की धांधली सामने आई थी। इसमें सरकार का हाथ था या इंडस्ट्रियल्स का यह मुद्दा तो चलता रहा मगर संचार क्रांति पर वहीं की वहीं विराम लग गया...

बहरहाल, हमने काम जारी रखा जैसे-तैसे हम अभी भी इन्वेस्टमेंट कर रहे थे। लेकिन कंपनी ज्यादा दिनों तक टिक न सकी और महज पाँच महीनों के भीतर ही कंपनी की ग्रोथ अचानक ठहर सी गई।

वहीं दूसरी ओर सुनिल जी के साथ काम करने के दौरान चीजें बदल चुकी थीं। अब सुनिल और अशोक जी दोनों ही व्यस्त रहने लगे। लेकिन जैसे-जैसे काम बढ़ने लगा वैसे-वैसे दोनों में मतभेद भी बढ़ने लगे। रेवेन्यू को लेकर दोनों में अनबन होने लगी और जल्द ही टकराव इतना बढ़ गया कि वे निर्णय मिलकर नहीं बल्कि अलग-अलग करने लगे। उनका आपसी कॉर्डिनेशन बेहद खराब स्थिति में चला गया। अब मेरे लिए यह समझ से बाहर था कि किसे सुना और किसे नहीं सुना जाए। लेकिन उस वक्त मेरी ज़िंदगी में एक बदलाव आया जब अशोक जी ने मुझे अपने पास बुलाया और बताया कि वो आगे सुनिल जी के साथ काम नहीं करेंगे,...

दोनों का इस तरह अलग होना मुझे निराश कर गया। अशोक जी ने मेरे काम की प्रशंसा करते हुए गुड लक कहते हुए कुछ हँसकर कहा-

"तुम अच्छा काम करते हो मैं जल्द ही फिर स्टार्ट अप करने वाला हूँ और जैसे ही कंपनी चलेगी मैं तुमसे जरूर कॉन्टेक्ट करूँगा-फिलहाल तुम एल्पाइन-सॉफ्ट केसाथ काम करो, हो सकता है अब तुम्हारे प्रोजेक्ट और जिम्मेदारी बढ़ जाए।"

मैंने मुस्कुराकर थैंक्यू कहा...,,

अब कंपनी का आकार बढ़ चुका था तो सुनिल जी ने भी मेरा काम बढ़ा दिया था। अब सुनिल जी की गैर-मौजूदगी में मुझे उनके आधे काम संभालने पड़ते। मुझे अक्सर क्लाइंट्स से पेमेंट और मीटिंग करने के लिए जाना पड़ता और फिर यह काम नियमित कब हो गया

इसका पता भी नहीं चला। अब मुझे रोजाना क्लाइंट्स से मीटिंग करने या पैमेंट लेने के लिए जाना पड़ता था। और इसी दौरान मेरी मुलाकात-अविनाश जी से हुई। अविनाश जी न केवल सुनिल जी के विश्वासपात्र क्लाइंट्स में से एक थे बल्कि उनके अजीज दोस्त भी थे। वह नोएडा में किसी स्टॉर्ट अप की तैयारी कर रहे थे लिहाजा उनका प्रोजेक्ट हमें ही संभालना था।

महज कुछ ही दिनों में अविनाश जी के काम को देखते हुए सुनिल जी समझ चुके थे कि मैं दूसरे क्लाइंट्स भी भली-भाँति संभाल सकता हूँ। परिणामस्वरूप उन्होंने मुझ पर दूसरे क्लाइंट्स की व्यक्तिगत जिम्मेदारी सौंप दी। लेकिन इससे एक परेशानी आ खड़ी हुई। अक्सर प्रोजेक्ट में बदलाव होते रहते जिसका सीधा असर समय और बजट पर पड़ता। हालांकि, इन बदलावों को लेकर सुनिल जी क्लाइंट से बात तो करते। लेकिन इसका असर मेरी फाइनेंनशियल प्लानिंग पर पड़ता। मैं जब इसकी जानकारी सुनिल जी को देता तो वह कहते- कभी कभार क्लाइंट को बनाए रखने के लिए समझौता करना पड़ता है और फिर यह बात नजरअंदाज कर देते। यह सिलसिलेवार इसी तरह कई महीनों तक चलता रहा। मुझे उम्मीद थी कि प्रोजेक्ट खत्म होने पर सुनिल जी पूरा हिसाब करेंगे। लेकिन मेरी उम्मीदें निराधार साबित हुई। जब प्रोजेक्ट खत्म होने पर मैंने उन्हें प्रोजेक्ट में लगे एक्स्ट्रा टाइम और कोस्ट एस्टीमेट के बारे में बताया तो उन्होंने इसका कोई स्पष्ट जवाब नहीं दिया।

मुझे समझ आने लगा था कि यहाँ मेहनत करने और समय लगाने का कोई फायदा नहीं है। लेकिन फिर भी मैंने एक बार सुनिल जी से स्पष्ट शब्दों मे एडिशनल एफर्ट और पेमेंट की बात की बात कह ही डाली...

लेकिन सुनिल जी ने बस यही कहा क्लाइंट्स पैसा देने में आनाकानी कर रहे हैं। इस बात में कितनी सच्चाई थी मैंने इसे जानने की कोशिश नहीं की और अगले ही दिन बिना सवाल-जवाब किए सुनिल जी को आखिरी बार नमस्कार कर उनके साथ आगे न काम करने का निश्चय किया। इस कंपनी के साथ मेरा यहीं तक सफर था।

कहते हैं-जब आप मेहनत के बूते ऊँचाई को छूना चाह रहे होते हैं तो आपको सावधानी का बहुत बारीकी से ख्याल रखना पड़ता है। आपका एक गलत कदम आपको नीचे गिरा सकता है। मुझे आज वही लड़का याद आ रहा था जो हमें रेलवे स्टेशन पर मिला था और जिसने मुझसे भाग्य की महत्वत्ता का जिक्र किया था। अब मैं भी अपने भाग्य के अलावा किसी भी असावधानी को नहीं कोस सकता था। क्योंकि मैंने हर कदम सोच समझ कर रखा। लेकिन शायद इन कदमों की चाप भाग्य के कानों में पड गई थी जिसने मुझे वापस उसी जगह पर ला खड़ा कर दिया था जहाँ से मैंने चलना शुरू किया था।

हमारी बनी बनाई कंपनी का अब कोई अस्तित्व नहीं रह गया था। अमित ने बिजनेस के अरमान को त्याग संदीप के साथ टेलीकॉम क्षेत्र में नौकरी कर लेना उचित समझा। मेरे विचार मैं भी यही था कि उन्हीं को ज्वाइन कर लूं लेकिन शर्म कहो या कुछ पाने की जिद मैं इस स्थिति में तो उनके पास कतई नहीं जा सकता था। मेरी स्थिति वापस उसी नाविक की तरह हो गई थी जो नौका में सवार तो इस उद्देश्य से होता है कि वह इसके सहारे उफनती नहर को पार कर एक नयी मंजिल की ओर बढ़ सकेगा। लेकिन बीच मझदार में समुंद्री लहरें उसे उसके पथ से भटका अपने इशारों पर कहीं और ही ले जाती है। और वह बेबस सा सब कुछ यूँ ही देखता रहता है...

17
रुकना नहीं, बढ़ना है

रुकना नहीं, बढ़ना है

साल - 2012, गाजियाबाद शहर

सुनिल जी के पास से काम छोड़े लगभग एक हफ्ता हो चुका था। और इस एक हफ्ते के अंतराल मैंने कई बार अपने आगे के सफर के बारे में सोचा। रह-रह मेरे मन में दो ख्याल आ रहे थे। पहला कि मैं किसी आईटी कंपनी में जॉब कर लूं या फिर 'द प्रीटेन्शस' को आगे तक जारी रखूँ!

'द प्रीटेन्शस' का अब तक का अनुभव बहुत ही बढ़िया रहा है। लेकिन इस बीच जब क्लाइंट पेमेंट देने में आनाकानी करते या फिर प्रोजेक्ट की रिक्वायरमेंट चेंज कर देते या फिर प्रोजेक्ट होल्ड कर देते तो निराशा होती। पर इन सब अनुभवों से एक बात क्लियर थी कि सर्विस इंडस्ट्री में ये सब बात आम होती है। मेरे पास अभी भी जॉब करने की कोई खास वजह नहीं थी। मुझे कुछ ऐसे सुधारों की जरूरत थी जिससे कंपनी के सेटअप में कुछ बदलाव किए जा सके।

इसी बीच मेरे पास कई बार उन क्लाइंट्स के फोन कॉल भी आते जिनके लिए मैंने सुनिल जी के साथ रहकर काम किया था। जब मैं उनसे कहता कि मैं अब उनका प्रोजेक्ट नहीं संभाल रहा तो वे निराश हो जाते। और फिर मैं हंसते हुए उस फलां व्यक्ति का नाम ले बस ये कह देता- "चिंता मत कीजिए सर, जल्द ही अपना सेट अप शुरू करने वाला हूँ तो फिर आपकी सेवा करने का मौका मिलेगा।"

ये सुन क्लाइंट हँस देता और यही कहता- “ठीक है! जनाब जल्द कीजिए फिर,,,”

मैं बड़े आत्मविश्वास से यह कहता कि- जल्द ही अपने सेट अप शुरू करने वाला हूँ। लेकिन जब व्यावहारिक रूप से सोचता तो मुझे यह काम बेहद मुश्किल लगता क्योंकि संसाधन जुटाना और कंपनी के लिए लोकेशन अरेंज करना वाकई जटिल होता है सिवाय कि आप इंवेस्ट करने में समर्थ हों...

18
सेंटर स्टेज माल, नोएडा

सेंटर स्टेज माल, नोएडा
तारीख, 22 अगस्त 2012

22 अगस्त यह तारीख मेरे लिए दो वजहों से खास है। पहला कि इस दिन मेरा जन्मदिन आता है और दूसरा कि इस दिन मेरे साथ एक ऐसा इत्तेफाक हुआ था जिसने मेरे आगे के रास्ते खोल दिए थे। यह नोएडा का सेंटर स्टेज मॉल था जब संदीप, अमित और कुछ दोस्तों के साथ मैं घूम रहा था,,,

उस मौज-मस्ती के माहौल में अचानक मुझे किसी ने टोका,,,

"जन्मदिन मुबारक हो भई",,,पीछे से कंधे पर किसी ने हाथ रखते हुए पूछा।

"अरे, अविनाश सर आप, कैसे हैं और यहाँ कैसे!",,,मैं उत्साहित हो एक साथ कई सवाल कर बैठा।

"बस यूँ समझिए आपकी सारी खैर खबर रखते हैं",,,वह हँसे।

"और कहाँ थे भई तुम, सुनिल जी के साथ काम छोड़ दिया और बताया भी नहीं",,, उन्होंने आश्चर्यजनक लहजे में कहा।

"हाँ सर, वो हो जाता है कभी-कभार उन्नीस-बीस। बस इस अंतर से मनभेद न हो इसलिए छोड़ना ही मुनासिब समझा",,,मैंने एक सुलझा हुआ जवाब दिया।

"यार-ऐसे कैसे काम चलेगा, हम तो तुम्हीं पर विश्वास कर रहे थे और तुम्हारे ही भरोसे थे, और चाहते हैं आगे भी रहे",,,उन्होंने मेरे

प्रति विश्वास जताते हुए कहा।

अविनाश जी ने मेरा मनोबल बढ़ाने के लिए यह बात कही थी या इसके पीछे भी कोई औचित्य था। ये तो पता नहीं, लेकिन इससे कुछ हद तक उनका इस तरह सराहना रह-रह मेरा आत्मविश्वास को दृढ़ कर रहा था।

आखिर मैंने बात पलटते हुए उनकी कंपनी के बारे में पूछा...

"जी सर, आपकी सेवा में तो हम चौबीसों घंटे तैनात हैं। बाकी आप बताएँ, आपका ऑफिस का काम कहाँ तक पहुँचा!"

"अरे भाई इसी वजह से तो आज यहाँ आया था। दरअसल, नोएडा सेक्टर-63 में एक बढ़िया लोकेशन मिली थी तो अब सोच रहा हूँ वहीं ऑफिस खोल लूँ, इसीलिए आज क्लाइंट से ऑफिस के ब्लूप्रिंट लेने और मीटिंग करने यहाँ आया था लेकिन एन वक्त पर उसने मना कर दिया। लेकिन इत्तेफाक देखो वो न सही तो तुम ही मिल गए",,,उन्होंने हँसते हुए कहा।

"और तुम बताओ क्या कर रहे हो आजकल",,,उन्होंने मेरे बारे में पूछा।

"सर, फिलहाल तो कुछ खास नहीं चल रहा। लेकिन सोच रहा हूँ अब नए सिरे से अपना ही सेट अप शुरू करूँ।"

"हम्म",,,,उन्होंने हाँ में गर्दन हिलाई।

कुछ देर माहौल में यूँ ही शांति रही।

यकायक, अविनाश जी बोले- "तुम्हें एक सुझाव दूँ।"

"जी, बिल्कुल कहिए",,, मैंने कहा।

" मैं तुम्हारे साथ ऑफिस शेयर कर सकता हूँ। क्योंकि मेरे साथ फिलहाल ज्यादा स्टाफ नहीं है तो एडजस्ट कर सकते हो, इससे मुझे भी मदद मिल जाया करेगी और तुम्हारा फायदा भी हो जाएगा- बताओ, क्या ख्याल है?",,,उन्होंने चाय की चुस्की भरते हुए पूछा।

अविनाश जी के ये बातें सुन मैं कुछ गंभीर हो गया। उनका इस तरह सोचना बिल्कुल जायज़ था। उनका यह सुझाव मुझे बेहद पंसद आया क्योंकि एक नई शुरुआत करने के लिए अविनाश जी का इतना साथ काफी था। यहां मेरी टीम पूरी तरह यूनाईट हो सकती थी।

मैंने उन्हें हामी भरी और इस अवसर व सुझाव के लिए धन्यवाद कहा।

अविनाश जी मुस्कुराए और कहा- "अब बस तुम अपनी टीम तैयार करो और फटाफट अगले हफ्ते से ही ऑफिस में आकर सेटअप कर लो।"

इसके दो दिन बाद मुझे भाई के किसी काम के सिलसिलेवार में लखनऊ निकलना पड़ा। उस दौरान बस मन में यही सवाल आ रहा था कि कंपनी में क्या इनोवेशन करूँ। तभी मुझे कंपनी का नाम 'द प्रीटेन्शस' ध्यान आया। दरअसल, यह एक मुश्किल शब्द था। जिसका आभास मुझे अशोक जी ने करवाया था। मुझे यह नाम बदल एक ऐसा नाम रखना था जो बोलने में आसान हो सुनने में भी अच्छा लगे। अक्सर बहुत से क्लाइंट प्रीटेन्शस को पेन्टीटीओस, परीटेनसस भी कह गलत उच्चारित कर दिया करते थे। हर क्लाइंट की सहूलियत के लिए जरूरी था कि इस नाम का कोई सिनोन्यम ढूँढ लिया जाए ताकि यह सभी के लिए आसान रहे।

काफी सोच विचार कर एकाएक दिमाग में एक नाम आया- ASPIRING - (एस्पायरिंग) जिसका अर्थ था आगे बढ़ने की चाहत या महत्वाकांक्षी।

क्योंकि यह वर्ड काफी प्रसिद्ध और नया था तो ऐसे में एक सवाल यह था- कि क्या इस नाम से एस्पायरिंग डोमन मिल सकता है! मैंने तत्काल आनन-फानन में मोबाइल पर चैक किया तो अचानक निराशा हुई फिलहाल डोमेन अवेलेबल नहीं था।

यह तय था कि नाम यही रखना है लेकिन सवाल था कैसै?

इस नाम के आगे या पीछे ऐसा क्या लगाया जाए जिससे डोमेन मिल सके।

इस नाम को लेकर मैंने कुछ घंटे तगड़ी रिसर्च की लेकिन कोई निष्कर्ष नहीं निकाला। कुछ घंटे इसी तरह सोच-विचार कर गुजारे। अचानक मेरे मन में एक ऐसा नाम आया जिससे मैं पीछे नहीं हट सकता था।

जानते हैं, हम कभी भी कोई काम अकेले नहीं कर सकते उसके लिए हमें उन लोगों के समूह की जरूरत होती है जिनके पास स्किल्स तो अलग-अलग होती हैं लेकिन सोचने-विचार करने की क्षमता एक जैसी। और यकीन कीजिए जब आप एक ऐसी टीम पा लेते हैं तो आपका काम न केवल आसान हो जाता है बल्कि आपका वह काम परफेक्ट भी बन जाता है। टीम, टीम ही तो वो शब्द था जो एस्पायरिंग को और निखार सकता है।

एकाएक मैंने लेपटॉप निकाला और सर्च किया...

ASPIRING TEAM- कुछ देर कर्ज़र घूमने के बाद स्क्रीन पर लिखा था

Aspiring Team.Com IS AVAILABLE...

मैंने देर न लगाते हुए वो डोमेन बुक किया और आगे की तैयारी में जुट गया

और आज बिना टीम के न तो एस्पायरिंग का अस्तित्व है और न ही कंपनी ओनर का। यह टीम ही है

जिसके बदौलत एस्पायरिंग अपनी अस्मिता और कामयाबी को बनाए हुए है।

कहानी जारी है...

* 9 7 9 8 8 8 5 4 6 1 9 7 9 *

FCW - #0219 - 061026 - C0 - 203/127/7 - PB - 9798885461979 - Matt Lamination